「青い洞のダンジョン」にて
「あの……大丈夫ですか？」
佐倉真琴
Sakura Makoto
「は、はい、ありがとうございます……でも怖かったですぅ～」
磯美樹
Iso Miki
手を差し伸べた俺に、磯さんはうるんだ瞳でそう返した。

第一回トッププレイヤーバトルトーナメント準決勝にて
宙を舞うエンシェントドラゴンの背中の上で再び相対する俺と桃野。
「……っ」
桃野香織
Momono Kaori

桃野は
杖を振りかざして
何か口にしようとしたが、
「遅いっ」

「硬い畝のダンジョン」にて
というか今時の十五歳は当たり前のように彼氏がいるのか……。
「いませんよ、わたしには」
夢咲姫良々
Yumesaki Kirara

シオヤマ琴 ● illust. トモゼロ
最強で最速の
無限レベルアップ 2
～スキル【経験値1000倍】と
【レベルフリー】でレベル上限の
枷が外れた俺は無双する～

CONTENTS

イラスト：トモゼロ　デザイン：石田 隆（ムシカゴグラフィクス）

第十章　レベル22のソロプレイヤー

「……えっ⁉　レベル22っ⁉」

「はい」

磯《いそ》さんはうなずくが……。

いやいや、そんなはずはない。

レベル22のソロプレイヤーが、ランクGのダンジョンの地下二十階になんて来られるはずがない。

「それ何かの冗談ですよね？」

「？　冗談なんかじゃないですよぉ」

磯さんは目をぱちくりさせてからふるふると首を横に振った。

「ほら見てください」

そう言うと磯さんは俺に自分のステータスボードを見るように促す。

俺は覗《のぞ》き込《こ》むようにして磯さんのステータスボードを確認した。

すると、磯美樹《みき》という名前のすぐ下にレベル22としっかり表示されていた。

「ね？」

「はい……たしかに。レベル22ですね」

信じられないが事実そうなのだから信じるほかない。

どうやってここまで下りてくることが出来たのか、という大きな疑問は残るが……。

磯さんはステータスボードを閉じると、

「それにしても佐倉《さくら》さんてやっぱりすごいんですねぇ。あんな大きな魔物さんを軽々と投げ飛ばしちゃうなんて」

上目遣いで俺を見る。

「佐倉さんはレベルいくつなんですか？　やっぱり99ですかぁ？」

目をきらきらさせ見上げてきた。

「えーっと……」

嘘《うそ》をつくのは気が進まないが、本当のレベルを言うことはもっと気が進まない。

なので、

「まあ、そんなとこです」

結局あいまいな回答でお茶を濁す。

「わぁ、やっぱりそうなんですねぇ〜。すごいですぅ」

磯さんはぱちぱちと手を叩《たた》いて飛び跳ねる。

うーん……俺の嘘を手放しで完全に信じ込んでいる磯さんを見て、罪悪感で胸が痛い。

これ以上関わらないほうがいいかな。

そう思い、

「……じゃあ俺そろそろ行くので。このへんで」

「あ、はい。さようならぁ」

ぺこりと頭を下げる磯さんを横目に俺は部屋をあとにする。

途中気になって振り返ってみると、磯さんはこっちを見て無邪気な笑顔で大きく手を振っていた。

「あの人、大丈夫かな……？」

どこか頼りない磯さんを眺めながら、レベル22でこのダンジョンをこの先やっていけるのか、と余計なお世話だが案じずにはいられない俺だった。

◇◇◇

「ふ～、この階はこんなもんかな」

青い洞のダンジョン地下二十階の大部屋で待ち構えていた魔物たちを蹴散らした俺が、階下への階段を探し当て、下りようとしたまさにちょうどその時だった。

「きゃあぁ～っ！　来ないでくださぁ～いっ！」

女性の悲鳴が聞こえてきた。

「ん？　この舌っ足らずな感じ、もしかして……」

磯さん？

そう思い振り返ると、

「怖いですぅ～、来ないでくださぁ～いっ！」

俺が思った通り、やはりさっき会ったばかりの磯さんが、ハイドラゴンに追われながら部屋に逃げ込んできた。

『ギャアアアァァァオッ‼』

「嫌ですぅ～！」

と叫んだ直後、磯さんは地面のでっぱりにつまずいて派手に転んでしまう。

「うぅ～、痛いですぅ～」

『ギャアアァァァオッ‼』

すると隙ありとばかりに、ハイドラゴンが倒れている磯さんめがけて炎を吐いた。

うわ、ヤバいっ！

瞬時に駆け出した俺だったが、距離が部屋の端から端とかなりあったため一足遅く、俺の目の前で大きな炎に飲み込まれる磯さん。

「きゃあぁーっ……‼」


――死。


真っ先にその言葉が頭に浮かんだ。

だが……、

「きゃあぁー、怖いですぅ～！」

炎の中からは相変わらずの舌っ足らずな声が聞こえてくる。

そしてハイドラゴンが炎を吐ききると、磯さんが手で顔を覆った状態でうずくまっていた。

「え……？」

焼失どころか火傷《やけど》すらしていないように見える。

しかもおかしなことに着ていた服にも焦げ跡一つない。

その光景に驚いていたのは俺だけではなくハイドラゴンも同じだったようで、

『ギャア……⁉』

ハイドラゴンは口を開けたまま状況が理解できないといった様子で固まっていた。

それを見て、とりあえず俺は一足飛びで動きの止まっていたハイドラゴンの顔の前に躍り出ると、

「はぁっ！」

右の拳を額めがけて放った。

俺の一撃はハイドラゴンの額にめり込むと次の瞬間、頭部ごとハイドラゴンを吹き飛ばす。

ハイドラゴンの返り血が宙を舞う中、俺は地面に下り立つと磯さんに近寄っていった。

「あの……大丈夫ですか？」

手を差し伸べた俺に、

「は、はい、ありがとうございます……でも怖かったですぅ～」

磯さんはうるんだ瞳でそう返した。

ゆっくり立ち上がった磯さんを俺はぶしつけにじろじろと観察する。

なんでこの人は無傷だったのだろうと。

磯さんは身長百五十センチくらいだろうか、地味な服装ながらも大きな胸を強調するかのようなニット地の服とフレアスカートという組み合わせ。

髪は肩までの長さで少し茶色がかっている。

服も髪も一切焦げ付いた様子などはなく、今さっき炎に包まれていたとは到底思えない。

すると俺の視線に気付いた磯さんが、

「？　あのぅ……わたしの体に何かついていますか？」

不思議そうな顔で自分の体と俺の顔を交互に見やった。

「あ、いえ、そういうわけじゃなくて……すいません率直に聞きますけどなんで無事なんですか？」

「？」

きょとんとした顔の磯さん。

「さっきハイドラゴンの炎で焼かれた時には正直死んでしまったんじゃないかと思いましたよ」

「あぁ〜、さっきの炎ですね。とっても怖かったですけどわたしには炎は効かないんです」

と磯さんは言う。

「え、炎が効かない……？」

「はい。わたしには二つのすごぉ〜いスキルがあるので」

磯さんは自慢げに大きな胸を張ってみせた。

「ほかのプレイヤーさんには秘密ですよ」

そう言うと磯さんは背伸びをして俺の耳元に顔を寄せ、

「わたし【物理攻撃無効化】と【魔法無効化】のスキルを持っているんですぅ」

小さくささやいた。

その瞬間、そよそよと女性特有の甘い香りが俺の鼻孔をくすぐっていった。

◇◇◇

「えっ⁉　【物理攻撃無効化】と【魔法無効化】……⁉」

「はい」

　磯さんはにこにこ顔で返す。

「だからわたしには魔物さんの攻撃は一切効かないんです。えへへ～」

「そんなむちゃくちゃな……本当ですか？」

　本当にそんなスキルがあるのか？

　……だとしたら無敵じゃないか。

「本当ですよ。あ、そうだっ。だったら試しにわたしのこと思いっきり殴ってみてください」

　俺が信じていないと思ったのだろう、磯さんはとんでもないことを申し出た。

「いや、無理ですよ。殴れるわけないでしょう」

「わたしなら全然大丈夫ですからどうぞ殴ってください」

　そう言うと磯さんは、キスを待つかのように目を閉じて顔を俺の方に向ける。

「怖いので目はつぶってますからどうぞ思いっきり殴ってみてください」

「だから無理ですって。女性を殴れるわけないでしょうが」

「ん～」

「いやいや……」

「ん～」

　磯さんは目を開こうとしない。

こうなったらデコピンくらいしてやろうか。そう思いかけるも、いや、駄目だ駄目だと考え直す。

デコピンでもレベル22の女性相手では致命的なダメージを与えてしまいかねない。

「あの、もうやめませんか。磯さんの言うこと全面的に信じるんで」

「んん～」

しかし磯さんは目をつぶりながらふるふると首を横に振る。

ぽわ～んとした見た目の感じとは裏腹に意外と頑固な人だな。

「磯さん勘弁してください。マジで信じるんでもうやめましょう」

「……むぅ～。本当ですかぁ？」

「はい、本当です」

「なんか信じていないような気がしますけどぉ～……」

と磯さんは訝《いぶか》しげにじぃ～っと俺の顔を見上げてきた。

吸い込まれそうな無垢《むく》な瞳にみつめられて、俺は思わず視線をそらす。

「あっ、目をそらしましたねっ。やっぱり怪しいですぅ」

と俺を指差して糾弾する磯さん。

いやいや磯さん、それはいくらなんでも卑怯《ひきょう》ですよ。

というか何回このラリーを繰り返すつもりなんですか。

「じゃあ、わたしのステータスボードを見れば信じてくれますよね？」

そう言った磯さんは「ステータスボードオープン」と口にすると、表示された画面を俺に見るように促した。

俺は磯さんの大きな胸に目がいくのをぐっとこらえ、ステータスボードを今度はしっかり確認する。

「……げっ⁉　ほ、本当だっ」

「ほらほらっ。だから言ったじゃないですかぁ」

磯さんのステータスボードのスキルの欄にはたしかに、【物理攻撃無効化】と【魔法無効化】の文字がはっきりと表示されていた。

◇◇◇

「マジだったんですね……」

「あ～、やっぱり信じてませんでしたね～」

「はい、すいませんでした」

磯さんは本人の言う通りたしかに、【物理攻撃無効化】と【魔法無効化】というとんでもないスキルを身につけていた。

俺は今しがた磯さんのステータスボードを見せてもらって、ようやく信じることが出来たのだった。

「じゃあ信じてくれた今ならわたしのこと殴れますよね」

ステータスボードを閉じた磯さんが言う。

「いや、それはちょっと……」

いくら無効化できるといってもやはり女性を殴るのは大いに抵抗がある。

「大丈夫ですから思いっきり来てください」

さっきとまったく同じく目をつぶる磯さん。

これ、きっと殴るまで終わらないんだろうなぁ……。

はぁ……やるしかないか。

俺は磯さんを見下ろし覚悟を決めた。

「じゃあ本当にやりますよ」

「どうぞぉ」

どうか死にませんように。

俺は心の中で神様に祈りながら、磯さんの額めがけデコピンを放った。

ガンッ。

しかし俺の中指は磯さんに当たる寸前で、何かとてつもなく硬いものによってふせがれた。

「えっ⁉　……なんだこれ……？」

「えへへ〜、すごいですよね〜」

俺はその後も何度も磯さんに攻撃してみた。

だがしかしそのどれもがすべて、磯さんの体の周りにある何かによってふせがれてしまう。

「これ……バリアか何かですか？」

訊《き》くと磯さんが目を開けて答える。

「う〜ん、わたしもよくわからないんですけど、多分膜？　みたいなものが私の体の周りを覆っていて、それが物理攻撃や魔法をはじいてくれるみたいなんですよねぇ」

「す、すごいですね……」

〈ちから〉の数値が十三万超えの俺の攻撃が一切効かないなんて……。

これならレベル22で、ランクGのダンジョンの地下二十階まで一人で来れたこともうなずける。

「こうやって触ることは出来るんですよ。不思議ですよねぇ～」

言いながら磯さんは無邪気に俺の腕に抱きついた。

予期せぬ行動にたじろいだ俺は、「す、すごいですね……」とさっきと丸々同じ言葉を繰り返してしまう。

「でもわたし攻撃系のスキルや魔法は一つも覚えていないので、魔物さんからは逃げてばっかりなんです。ドロップアイテムも狙えないので、落ちてるアイテムだけを拾ってなんとかここまで来ました」

と磯さん。

「といってもみつけたのは魔石とハイポーションが一つずつだけなんですけどね」

「だったらレベル相応のダンジョンに潜ったらどうですか。その二つのスキルさえあればなんとでもなると思いますよ」

「それはそうなんですけど……実はわたしとにかくお金がいっぱいほしいんですっ」

磯さんは意を決したように言い放った。

「は？　はあ……」

予想していなかった言葉に呆気《あっけ》にとられてしまう俺。

「お金さえあればなんだって出来ますもんねっ」

強い決意を感じさせながら磯さんは言う。

「そ、そうですね……」

と答えつつ心の中では、磯さんがそんな現実的な人だったとは……人は見かけによらないな、と思う。

ほんの少しだけ磯さんへの認識を改めた俺だったが、ふと長話をしすぎていたことに思い至り、

「あ、じゃあそろそろ俺、下の階に行きますから」

と階段を下り始めた。

すると、

「あ、わたしも行きますぅ」

そう言って磯さんも自然と俺の後ろをついてくる。

階段を下りながら俺は頭の中で、行き先が一緒だからなだけだよな……まさかこの人この先ずっと俺についてくるつもりじゃないよな、と一抹の不安をよぎらせていた。

◇◇◇

青い洞のダンジョン地下二十一階に下り立った俺と磯さんだったが、俺の懸念は杞憂《きゆう》に終わり、磯さんは、

「助けてくれてありがとうございましたぁ」

とお辞儀をすると俺とは別方向に歩き出していく。

厄介払いではないが、一人になれたことにほっとすると同時に少しだけ磯さんを見捨ててしまったような罪悪感を覚えながらも、俺はフロアの探索を進めていった。

道中、〈鋼鉄の鎌〉と〈幸運のイヤリング〉を拾うと鋼鉄の鎌は不思議なバッグの中に入れ、幸運のイヤリングは試しに装着してみた。

スマホでイヤリングを身につけた自分の姿を確認するが、中性的な顔立ちがあだとなり、女性に間違われかねない見た目になってしまったので、俺はすぐにこれを外すと、やはり不思議なバッグの中にしまい込んだのだった。

☆　☆　☆

上級ゾンビたちの首を素手ではね飛ばしながら通路を進んでいたところ、前方に黒光りする物体を目にする。

「おっ、アイテムかな」

俺は近付いていくと手を伸ばしそれを拾った。

「なんだろうこれ……ただの石か？」

触った感じただの石ころのようだが、周りの地面の色とは少し違う。

俺はステータスボードを開くとアイテム名を確認した。

****

爆弾石

****

「〈爆弾石〉か……名前からすると投げたら爆発するってとこだろうな、多分」

水川《みずかわ》のように識別魔法を覚えていればもっと詳しい情報を知ることが出来るのだが、名前で大体の見当はつくからまあよしとしよう。

俺は拾った爆弾石を不思議なバッグに入れようと――

「誰か～、助けてくださ～い」

したところで女性の弱々しい声を耳にした。

舌っ足らずなその口調で俺は声の主が誰だかすぐにピンとくる。

「はぁ～……またかよ」

無視してやろうかとも思ったが、俺はお人好《ひとよ》しな性格なのだろうか、気付けば声のする方へと急いで駆け出していた。

☆　☆　☆

「やっぱりあなたでしたか、磯さん」

「あっ、佐倉さんだぁ〜！」

磯さんは体長一メートルほどのポイズンリザード二体に囲まれて、長い舌でベロベロと顔を舐《な》められていた。

俺がその場に到着すると、磯さんはポイズンリザードの唾液でべたべたになった顔を上げ声を弾ませる。

「何してるんですか？」

俺は倒れている磯さんに声をかけた。

磯さんはスキル【物理攻撃無効化】と【魔法無効化】のおかげで無敵状態なはずだが。

「ここにいる魔物さんたちに顔を舐められたら急に体の力が抜けちゃって……それに全身がきしむように痛いんですぅ〜」

と涙目で訴える磯さん。

「それきっと毒ですよ。相手はポイズンリザードですからね、そいつらに舐められたから多分毒をくらっちゃったんでしょうね」

「え〜っ、そんなぁ〜」

磯さんは悲しげな顔で声を上げた。

うーん、ポイズンリザードって名前からして、戦う前に毒があることくらい予想がつきそうなものだが……。

「とりあえずこいつらをまず倒しちゃいますね」

そう言って俺はポイズンリザードたちの尻尾を掴《つか》むと、磯さんから離れたところに投げ飛ばす。

そして、

「スキル、火炎魔法ランク10っ」

手のひらから巨大な炎の玉を放つと、ポイズンリザード二体にぶち当てた。

スキル【魔法効果3倍】のおかげで、これまでの火炎魔法の3倍の威力のある炎の玉がポイズンリザードたちを一瞬で跡形もなく焼き尽くし、この世から葬り去る。

《佐倉真琴《まこと》のレベルが2上がりました》

いつものように脳内で機械音声がレベルアップを告げる中、

「ふぇ〜ん、助けてください佐倉さ〜んっ」

すがるような目で俺を見上げてくる磯さん。

「助けてって言われても俺、解毒魔法使えないですよ……」

「ええ〜っ、どうしましょう〜」

困ったなぁ、と頭を抱えた矢先に俺はあることを思い出す。

「あっそうだ。さっき毒消し草を拾ったんだった」

善は急げ。早速不思議なバッグの中から毒消し草を取り出し、倒れている磯さんにこれを食べさせた。

もぐもぐ……。

「うぇ～、苦いですぅ～」

「それは我慢してください」

毒消し草の効き目はすぐに現れ、磯さんはこのあとすぐに立ち上がることが出来た。

◇◇◇

「ほんっとうにありがとうございましたぁ！　佐倉さんのおかげで助かりましたぁ～！」

「いいえ、別にいいですよ。気にしないでください」

毒状態から回復した磯さんが俺に対して深々と頭を下げるのを受けて、俺は軽く手を振りながら返す。

「佐倉さんがいなかったらわたしどうなっていたか……うぅ～、考えただけで怖いですぅ」

「やっぱり無理はしないでランクの低いダンジョンでレベル上げした方がいいんじゃないですか？」

俺は磯さんのために進言するが、

「いいえ、わたし今すぐにいっぱいお金が欲しいんですっ。だからまだ誰も攻略していないダンジョンでアイテム集めを頑張らないといけないんですっ」

磯さんは両手を握り締め自分を鼓舞するように言った。

「それさっきも言ってましたよね。沢山お金が欲しいって」

「はい。それはもう使いきれないくらいのお金がいっぱいいっぱい欲しいですぅ」

ぽわ～んとした磯さんのイメージと金に貪欲そうなそのセリフが全然結びつかないんだよなぁ、と俺は磯さんを見ながら思う。

「なんでそんなにお金にこだわるんですか？」

「だってお金がいっぱいあったらお友達とレストランでお昼ご飯を食べたり、お友達と旅行に行ったり、お友達とおそろいのバッグを買ったりできるじゃないですかぁ」

「はあ……」

「それに借金だって……」

「借金？」

「あっ、な、なんでもないですっ、忘れてくださいっ」

磯さんは慌てた様子で両手をぱたぱたさせた。

俺の耳がたしかなら、磯さんは今間違いなく借金という言葉を口にしたはずだが……しかし、これ以上突っ込んではいけない気がするので聞かなかったことにしておくか。

「あの、じゃあそろそろこのへんで……」

俺は磯さんから離れ、またダンジョン探索にいそしもうと話を切り出す。

すると、

「あ、待ってください」

磯さんに服のすそを摑まれ引き留められた。

「なんですか？」

まだ何か話があるのだろうか？

「二度も助けてもらったのにこのままお別れするわけにはいきません。なのでわたしにお礼をさせてくださいっ」

意を決したように言い放つ。

「いや、結構です」

「えぇっ⁉　な、なんでですかぁっ？」

まるで十年来の親友に裏切られたかのような驚愕《きょうがく》の顔を浮かべる磯さん。

俺の返答がかなり予期せぬものだったようだ。

「だってお礼って……こんなこと言うのも失礼ですけど、磯さんにしてもらえるようなことなんて何もないと思いますよ」

感謝の気持ちは嬉《うれ》しいが、磯さんは特にお金を持っているわけではなさそうだし、アイテムも魔石とハイポーションしか持っていないと言っていたし、魔物との戦いに関しては戦力になるどころかただの足手まといになるだけだろう。

「そういうわけなんで俺もう行きますね」

「そ、そんなぁ～」

俺はがっくりと肩を落とす磯さんを置いてその場をあとにしたのだった。

◇◇◇

青い洞のダンジョン地下二十二階で俺は上級ゾンビの大群に囲まれていた。

さらに俺の隣では磯さんが、「こ、怖いですぅ〜っ」と肩を震わせながら縮こまっている。

地下二十一階で別れたはずの磯さんがなぜ俺の隣にいるのか、そしてなぜ俺たちが上級ゾンビの群れに囲まれているのか。

話は十分前にさかのぼる——


磯さんを置いて歩き出した俺だったが、やはりどうしても危なっかしい彼女のことが心配になり別れた場所まで戻った。

だが、

「あれ？　いない……」

そこに磯さんの姿はなく、俺は磯さんを見失ってしまった。

「まずいなぁ……この階にはポイズンリザードが出るっていうのに」

スキルによって物理攻撃と魔法に対して無敵ともいえる防御力を誇る磯さんだが、毒に対してはその限りではない。

そのため磯さんはポイズンリザードに襲われでもしたらアウトなのだ。

そういう俺も毒には微塵《みじん》も耐性はないのだが、それでも毒攻撃を充分避けられるだけの〈すばやさ〉があるため問題はない。

「……俺ってどこまでお人好しなんだ、まったく」

俺は磯さんを捜すため駆け出した。

☆　☆　☆

「磯さんっ、こんなところにいたんですか。捜したんですよ」

「あっ、佐倉さん。戻ってきてくれたんですねっ」

磯さんは広い部屋の中央付近で俺を見るなり飛び跳ねた。

そして、

「わたし今〈エクスマキナ〉をみつけたんですよぉ」

俺のもとへ近寄ってくると、肩に下げたバッグから懐中時計のようなものを取り出す。

「エクス……なんですか？」

「エクスマキナです」

「それ、どんなアイテムなんですか？」

俺は初めて見るそれを注意深く観察しながら訊いた。

「さあ？　わたしにもわかりません」

「え？　わからないのに喜んでいたんですか？」

「はい」

いや、俺の目をみつめながらそんな堂々と返事をされても……。

「そうだっ。わたしのこと助けてくれたお礼にこれを佐倉さんにあげますっ」

磯さんはにこにこと笑顔を絶やさずに、エクスマキナとやらを俺に差し出す。

「え、いいですよ別に」

「もらってください。じゃないとわたしの気が済まないんですぅ」

むりやり俺にエクスマキナを押しつけてくる磯さん。

ていうかエクスマキナってなんなんだよ。

「……本当に貰《もら》ってもいいんですか？　これレアアイテムかもしれませんよ」

「いいんです。こんなことくらいしかわたしには出来ませんから」

と磯さんは言う。

「でもお金が必要なんじゃないんですか？　高く売れるかもですよ」

「それとこれとは別です」

「う～ん……そうですか。まあ、そういうことならじゃあ」

押し問答の末、俺は結局使い道の分からないそのアイテムを受け取ると、不思議なバッグの中にしまった。

そしてその直後、磯さんを捜していた目的を思い出した。

俺は磯さんの目を見て、

「磯さん、こんなこと言いたくないですけど磯さんにこのダンジョンは荷が勝ちますよ。だから俺がこれから上の階まで送り届けてあげますから、磯さんはこのダンジョンは諦めた方がいいです」

真面目に語りかける。

「え～、でもぉ～……」

「高ランクの攻撃魔法を覚えているならともかく、今の磯さんのレベルだとこのダンジョンにいる魔物は倒せないと思うんですよね」

「それはそうかもですけどぉ～……」

諦めの悪い磯さん。

やっぱりこの人見た目と違って強情だな。

「今度ポイズンリザードに襲われたらどうするんですか？　俺もう毒消し草持ってないんで助けてあげられませんよ」

「うぅ～ん……わ、わかりましたぁ。そういうことならわたしレベルを上げて出直してきます」

「そうですね、それがいいですよ」

ポイズンリザードたちに襲われたことがよほど怖かったのか、その話を持ち出したら意外にもすんなり俺の言うことに従ってくれた。

「じゃ、行きましょうか」

「はい」

上の階への階段を目指して大部屋を歩く俺と磯さん。

すると、

「あっ、これなんですかぁ？」

磯さんが足元の地面を指差し声を上げる。

「あ、これって……」

下を向くとそこには、赤い影のダンジョンで見た赤いトラップボタンとそっくりなボタンが地面に置かれていた。

「磯さん、これ多分罠《わな》なので絶対に押さないでください」

「罠ですかぁ……わかりました。わたし絶対に押したりしません」

俺と磯さんはボタンを避けて通り過ぎた。

がその時だった。

「きゃぁっ⁉」

突如、磯さんが叫び声を上げたかと思うと地面にどすんと尻もちをついた。

「い、痛いですぅ～」

「ちょっ、大丈夫ですか磯さんっ」

「自分の足に引っかかって転んじゃいましたぁ、えへへ～」

照れながら俺を見上げる磯さんだったが、よく見るとそのお尻の下では赤いボタンが押し潰されていた。

「げっ……！」

直後、

『……アアアァァァァ……』

『……アアアァァァァ……』

『……アアアァァァァ……』
・
・
・
地面の下からうめき声がしたかと思うと、

『ガアアアァァァ……!!』
『ガアアアァァァ……!!』
『ガアアアァァァ……!!』
・・・
次の瞬間、上級ゾンビの大群が一斉に地面から這《は》い出《で》てきたのだった——

◇◇◇

『ガアアアァァァ……!!』
『ガアアアァァァ……!!』
『ガアアアァァァ……!!』
・・・
赤いトラップボタンを誤って押してしまったことにより、数十体の上級ゾンビの大群に囲まれた俺と磯さん。

「ふぇ～ん、怖いですぅ～っ」

俺のすぐ隣で頭を抱え小さくなっている磯さんが声を震わせる。

前にもマリアのせいで似たような状況に陥ったことがあるが、俺は女難の相でもあるのだろうか。

「わたしのせいでごめんなさぁ〜い！」

自分が悪いという自覚はあるようで、磯さんは縮こまりながらも謝罪の意を口にした。

俺はそんな磯さんから半歩離れると手を前に差し出す。

そして、

「スキル、電撃魔法ランク10っ！」

俺たちの周りを取り囲んでひしめき合っている上級ゾンビたちに、電撃魔法をお見舞いした。


バリバリバリィィーッ！！！


スキル【魔法効果3倍】のおかげで以前よりも魔法が広範囲に行き渡る。

『アアアァァァ……！』

『アアアァァァ……！』

『アアアァァァ……！』
・・・
目にも留まらぬ速さでもって雷のごとき電撃が、上級ゾンビの大群を次々と貫いていった。

内部から焼け焦げた上級ゾンビたちは、ぷすぷすと煙を立たせながら地面に倒れていき、そして消滅していく。

《佐倉真琴のレベルが１０９上がりました》

レベルアップを告げる機械音声を聞き流しつつ、俺は「終わりましたよ」と磯さんに手を差し伸べた。

「ふぇ？　あ……あんなにいたゾンビさんたちをもう倒しちゃったんですか？」

「ええ、まあ」

「わぁ～。やっぱり佐倉さんはすごいですぅ。さすがレベル99ですぅ」

純粋そうな顔を俺に向けてくる磯さん。

少し胸が痛い。

「じゃあ俺がついていくので上の階まで行きましょうか」

話題を変えるためにもそう声をかけたのだが、磯さんは急に「あっ」と声を出したかと思うと、俺から顔を背けもじもじし出した。

「？　磯さん？　どうかしました？」

「あ、あのぅ……ちょっとだけここで待っていてもらってもいいですか？」

俺との身長差から自然と上目遣いになる磯さん。

「え、なんでですか？　早くこのフロアから移動しましょうよ」

「わ、わたし、ちょっとあっちに用があるんです……」

「いや、一人になったらまたポイズンリザードとかに襲われるかもしれないですから、もし用があるなら俺も一緒に行きますよ」

「そ、それは困りますぅ……わたし一人になりたいんですぅ……」

「だから危ないですって」

「むぅ～……そ、そうじゃなくてですね……わ、わたし、おトイレに行きたいんですぅ～っ！」

顔を赤らめながら磯さんは声を張り上げたのだった。

◇◇◇

俺は磯さんが用を足して戻ってくるのを大部屋で一人、ただじっと待っていた。

「はぁ～、馬鹿か俺は……女性にあんなこと言わせるなんて」

「おトイレに行きたいんですぅ～っ！」と言った時の磯さんの恥ずかしそうな顔が今でも目に浮かんでくる。

空気を読めなかったことに反省しつつ、俺は足元の赤いボタンを見下ろしていた。

どれくらいの時間だろう、なんとはなしにじーっとボタンをみつめていると、

「……これ、もしかしてもう一回押したらまたゾンビがうじゃうじゃ出てきたりするのかなぁ……」

ふと、

「だとしたらっ……！」

そこで俺はあることをひらめいた。

☆　☆　☆

『『『ガアアァァァァ……!!』』』

「スキル、電撃魔法ランク10っ」

バリバリバリィィィーッ！！！

《佐倉真琴のレベルが108上がりました》

ポチッ。


『『『ガアアァァァァ……!!』』』

「スキル、電撃魔法ランク10っ」

バリバリバリィィィーッ！！！

《佐倉真琴のレベルが１０７上がりました》

ポチッ。

『『ガアアァァァ……!!』』

「スキル、電撃魔法ランク10っ」

バリバリバリィィィーッ！！！

《佐倉真琴のレベルが１０４上がりました》

ポチッ。

『『ガアアァァァ……!!』』

「スキル、電撃魔法ランク10っ」

バリバリバリィィィーッ！！！

《佐倉真琴のレベルが１０３上がりました》

ポチッ。

『『『ガアアァァァ……!!』』』

「スキル、電撃魔法ランク10っ」

バリバリバリィィィーッ！！！

《佐倉真琴のレベルが101上がりました》

・・・

「よしよし、どんどん上がるぞ」

俺は磯さんがいないのをいいことに、トラップボタンを利用してひたすらレベル上げに興じていた。

はたから見たら意味不明な行動だろうが、俺は【レベルフリー】があるので魔物を倒せば倒すだけレベルが上がり続ける。

俺のレベルが99だと思っている磯さんの前では出来ない行動だ。

「でもそろそろ戻ってきちゃうかなぁ……」

女性のトイレがどの程度時間がかかるのかさっぱりわからないが、そこそこ時間が経《た》ったしこのへんでやめておこう。

そう考え、通路を眺めてまだ磯さんの姿が見えないことを確認すると、

「どれだけレベルが上がったかステータスだけ見ておくか。ステータスオープン」

俺はステータスボードを目の前に表示させた。

＊＊＊＊＊＊＊＊＊＊＊＊＊＊＊＊＊＊＊＊＊＊＊＊＊＊＊＊

名前：佐倉真琴

レベル：24912

ＨＰ：155739／164829　ＭＰ：124571／133671

ちから：145754

みのまもり：128903

すばやさ：121440

スキル：経験値1000倍
：レベルフリー
：魔法耐性（強）
：魔法効果5倍
：火炎魔法ランク10
：氷結魔法ランク10
：電撃魔法ランク10
：飛翔《ひしょう》魔法ランク6
：転移魔法ランク1

＊＊＊＊＊＊＊＊＊＊＊＊＊＊＊＊＊＊＊＊＊＊＊＊＊＊＊＊＊＊

「おお、上がってる上がってる。スキルのランクも上がってるぞ」

俺のレベルは２０００近くも上がっていた。

磯さんさえいなければここで半永久的にレベルが上げられるというものだ。

「転移魔法か……面白そうだな、これもあとで試してみ――」

「レベル２４９１２ってどういうことですかぁ？」

「うわぁぁっ、磯さんっ⁉」

振り向くと磯さんが俺の背後から顔を覗かせて、俺のステータスボードを興味深そうにじろじろと眺めていた。

◇◇◇

「い、磯さん、いつからそこに……？」

俺はステータス画面を閉じるとおそるおそる磯さんに訊《たず》ねる。

「っていうか俺のステータスボード見ました……よね？」

「はい」

こくんとうなずく磯さん。

「佐倉さんのレベル、２４９１２って書いてありましたけどぉ……あれってどういうことですかぁ？」

「え、えっと、それは……」

「パラメータもすごい数値でしたけどぉ」

「あー、だからそれはですね～……」

「それとスキルの欄に書いてあったレベルフリーってなんですかぁ？」

「え……それも見てたんですか……？」

磯さん、意外と抜け目がない。

「もしかしてぇ、佐倉さんわたしに嘘ついてましたぁ？」

磯さんは首をかしげながらくりんとした大きな瞳でみつめてくる。

ちょっと怖い。

「は……はい。すいません」

磯さんの妙な迫力に負け、俺は思わず頭を下げた。

「俺の本当のレベルは磯さんの言う通り２４９１２です」

すると磯さんは両手をパンッと合わせ、

「なぁんだ、やっぱりそうだったんですねぇ。動画サイトのコメント欄に本当はレベル99じゃないんじゃないかって疑うような書き込みもありましたからね～。わたしももしかしてって思ってたんですよぉ」

にこっと笑う。

「磯さん、俺が嘘ついてたこと怒らないんですか……？」

「怒る？　わたしが佐倉さんにですか？　ふふふっ、わたしが佐倉さんに怒るわけないじゃないですかぁ。佐倉さんはわたしの恩人さんですよ」

「はあ……それはどうも」

つかみどころのない人だ。

「むしろ佐倉さんの秘密を知ってしまってわたしの方こそすみません」

そう言うと磯さんはぺこりと頭を下げた。

さらに俺の手を取って両手で優しくきゅっと握ると、

「でも安心してくださいね佐倉さん、わたし誰にも言いませんから」

俺を見上げる。

「本当ですか？　それは大いに助かります」

世間に知られて大騒ぎにでもなったりしたら平穏な生活が送れなくなる。

そんな事態はなんとしてでも避けたい。

「はい、信じてください。わたし口だけは堅いんですぅ」

にへら～と緩みきった笑顔を見せる磯さんは正直言ってあまり口が堅そうには見えないが、これ
ばっかりは本人の言うことを信じるしかないだろう。

「あっそうだ。佐倉さんの秘密を教えてもらったのでわたしも一つだけ秘密を教えてあげますよ。何か訊きたいことがあったらなんでも訊いてくださぁい」

「いえ、特にないです」

「えぇぇ～、そんなぁ～」

そう言うと磯さんはものすごいショックを受けたようにうなだれてしまった。

自分に興味を持ってほしかったのかな？

がっくりと落ち込む磯さんを前にして、俺は本当はどうでもいいのだが仕方なく質問をしてみることに。

「えっと、じゃあ……さっき借金がどうとかって言ってましたけど、あれってなんのことなんですか？」

プライベートに立ち入りすぎかとも思ったが、他に訊くことも思いつかなかったのでそう磯さんに訊ねた。

「そのことですかぁ。う～ん、どうしようかなぁ～……」

と磯さんは人差し指をあごに当ててもったいつける。

「どうしても聞きたいですかぁ～？」

いいえ、全然。と言ったらまたへこむんだろうな。

そう思い、

「はい、聞きたいです」

と返事をした。

「えへへ、じゃあ教えてあげますね。わたし実はぁ……借金が一億円あるんです」

「………はい？」

第十一章　借金一億円

「えっ⁉　借金一億って……マジですか？」

「はい、そうなんです。えへへ～」

磯《いそ》さんは頭をかきながら照れくさそうに言う。

「いや、笑い事じゃないですよ。一億ですよ一億っ。ありえないでしょ」

磯さんはたしか十八歳だと言っていた。

十八歳で一億円の借金なんて到底考えられない。

「冗談ですよね？」

「いいえ、本当ですよ」

当然ですよと言わんばかりに答える磯さん。

「なんでそんなことになってるんですか？」

「それはですねぇ、わたしのお父さん昔は大きな会社の社長さんだったんですけど、連帯保証人？とかになって……それが原因でつい最近その会社が倒産しちゃって……」

お父さんが倒産……。

「先月借金を残したまま亡くなってしまったんです」

「あー……そうだったんですか……」

よくよく聞いてみたら結構重たい話だった。

やっぱり訊《き》くんじゃなかったかな。

「相続放棄？っていうこともあとから聞いたら出来たらしいんですけど、わたしもお母さんもよくわからずに財産を処分できる分は処分してしまったので……それで結局わたしたち親子には借金が出来てしまったんですぅ」

と磯さん。

俺は法律についてはド素人なので、そんな磯さんに「そ、そうなんですか……」と返すことしか出来なかった。

「プロのプレイヤーさんがすごく稼いでいるっていう話を耳にしたので、だからわたし借金を返すために高校をやめてプロのプレイヤーさんになることに決めたんですぅっ」

ふんすと鼻息荒く胸を張る。

「はあ……」

借金一億円か……。

高ランクのダンジョンでアイテム集めをしていれば普通に働くよりはたしかに早く返せるかもしれないが、磯さんはレベル22だからなぁ……このままだと無理っぽいなぁ。

「…………」

……あー、まずい。

健気《けなげ》に頑張ろうとしている磯さんを見て、また馬鹿なことを考え出している俺がいる。

「あの、磯さん……」

馬鹿やめとけ。

「よかったら磯さんがレベル99になるまで……」

余計なお節介をするんじゃない。

「俺が……」

おい、引き返すなら今だぞ俺。

「手伝いましょうか？」

ああー、言ってしまった。

「ええっ、いいんですかぁっ！」

俺の申し出に磯さんの表情がぱあっと明るくなる。

「まあ、はい。磯さんを見ていると危なっかしいというか、庇護欲《ひごよく》をそそられるというか、心配なんで」

「ひごよく？」

「とにかく高ランクのダンジョンを一人でクリア出来るくらいになるまではそばにいますよ」

「わぁっ、ありがとうございますぅ！　すっごくすっごく嬉《うれ》しいですぅ〜！」

磯さんは俺の手を取るとぴょんぴょん飛び跳ねて喜びを表現してみせた。

ジャンプするたび磯さんの大きな胸が激しく上下に揺れる。

その光景を俺は意外と冷静に眺めつつ、これでよかったのかなぁ、と今さらながら自問自答していた。

……う〜ん。まあ、いっか。

◇◇◇

磯さんと行動を共にすることにした俺は、とりあえず適当な魔物をみつけるためダンジョン内を歩いて回っていた。

「魔物さんいませんねぇ」

「そうですね」

どうでもいい時にはわんさと出てくるくせに、いざ探すとなると意外と遭遇しないものだな。

そう思いながら二人して、フロア内をアイテム探しと並行しつつ魔物を捜索する。

「やっぱりさっきの大部屋でトラップボタンを押した方が楽だったんですよ」

俺は言うが、

「それは嫌ですぅ。わたし佐倉《さくら》さんと違ってゾンビさんは大嫌いなんですぅ〜」

と磯さんは弱々しい声で返す。

俺も別に好きというわけではないのだが。

というか……。

「ずっと気になっていたんですけど磯さんて十八歳ですよね？　俺十六歳なんで敬語使わなくてもいいですよ」

俺は出会った当初から思っていたことを口にした。

しかし隣を歩く磯さんは、

「そうですかぁ？　でも今から話し方を変えるのもなんか変な感じがしますし、わたしはこのままで全然いいんですけど。駄目ですかぁ？」

俺を見上げながら訊いてくる。

「いや、磯さんがそれでいいなら俺は別にいいんですけどね」

まあ敬語を使われて嫌な気はしないしな。

と――

『ギギッ』

通路を曲がったところで、緑色の体にローブをまとった小さな魔物が俺たちの行く手を阻んでいた。

なりはゴブリンそのものだが、右手には杖《つえ》を握り締めている。

「ステータスオープン」

俺はステータスボードを目の前に浮かび上がらせると、スクロールして魔物の名前を確認した。

****

ゴブリンソーサラー

****

魔物の名前はゴブリンソーサラー。

俺がステータスボードを閉じると、

『ギギッ！』

ゴブリンソーサラーは右手に持った杖を高々と掲げた。

その瞬間、杖が黄色く光り、杖の先端からバスケットボール大の光球が放たれる。

杖から飛び出した光球は俺と磯さんに向かってきて、体に接触するとドォーンと爆発した。

『ギギッ……ギッ⁉』

だが俺には【魔法耐性（強）】というスキルが、そして磯さんには【魔法無効化】のスキルがあるためダメージはゼロ。

無傷だったことに驚愕《きょうがく》の表情を浮かべるゴブリンソーサラー。

だがすぐに気を取り直して、

『ギギギッ！』

今度は光球を連続で飛ばしてきた。

ドォーン。

ドォーン。

ドォーン。

爆発による土煙で辺りが包まれる中、俺は手を前に伸ばし「スキル、氷結魔法ランク10っ！」と言葉を発した。

しばらくして土煙が晴れ視界がはっきりすると、目の前にはカチンコチンに氷漬けになったゴブリンソーサラーの姿があった。

「さあ磯さん。もうこいつは身動きできませんから、氷ごと破壊しちゃってください」

「あ、は、はい。ありがとうございますぅっ」

磯さんはおっかなびっくりゴブリンソーサラーに歩み寄る。

そして人差し指でちょんちょんと氷をつつくと、

「わぁっ、すごく冷たいですぅ～」

振り向いて俺に報告した。

「そりゃまあ凍ってますからね」

「そうですよね……じゃ、じゃあいきますね」

意を決したように言うと、前に向き直った磯さんは「えいっ！」と氷漬けになったゴブリンソーサラーにパンチをくらわせる。

ガンッ。

「いっ、痛いですぅ～っ！」

右手をぱたぱたさせながら情けない声を上げる磯さん。

見るとゴブリンソーサラーを覆う氷の表面にはひび一つ入ってはいなかった。

◇◇◇

「あの、大丈夫ですか？」

磯さんの〈ちから〉の数値は一体いくつなのだろう。

俺が不安になるほど磯さんは非力だった。

「佐倉さぁん、この氷硬くて全然割れませんよぉ～」

「いや、そんなはずはないと思うんですけど……」

そう言いながら俺は、氷漬けになったゴブリンソーサラーに近付いていくとパシンッとデコピンをくらわせる。

その瞬間、中にいたゴブリンソーサラーごと氷は粉々に砕け散った。

《佐倉真琴《まこと》のレベルが2上がりました》

「ほら」

「わぁ、佐倉さんすごいですぅ～」

それを見た磯さんは羨望の眼差《まなざ》しで俺をみつめてくる。

照れくさいのでその視線を断ち切るように、

「でも弱りましたね。完全に無防備な魔物も倒せないとなると、いよいよこのダンジョンでレベルを上げるのは不可能なんじゃないですかねぇ」

俺は磯さんから顔を背け発言した。

「そんなぁ～」

「何か特別な武器とかアイテムとかがあれば別ですけど……」

そう自分で言ったところでふとあることを思い出す。

「あっ！　そういえば俺さっきこんなもの拾ったんでした」

言って俺は不思議なバッグの中から黒光りする石を取り出してみせた。

「なんですかぁこれ？」

「爆弾石です。多分これを投げて相手に当てると爆発するんじゃないかと思うんですけど」

「へぇ～」

と興味津々な顔で爆弾石を観察する磯さん。

「これあげますから次魔物が出たら投げてみてください」

「えっ、貰《もら》っちゃってもいいんですか？」

「はい、遠慮せずどうぞ」

俺は爆弾石を磯さんに手渡した。

おそらくだが見た目からして高値がつくようなアイテムでもなさそうだし、こうでもしないと磯さんのレベルは一向に上がりそうにないからな。

するとと都合よく、

『ギャアアァァオ!!』

一体のハイドラゴンが通路の前方から翼をはためかせ、こっちに向かって飛んできた。

「ま、魔物さんですぅっ！」

「俺が氷結魔法で凍らせますからまだ投げないでください」

「は、はいっ」

『ギャアアァァオ!!』

「スキル、氷結魔法ランク10っ」

俺が口にすると、空気中の水分が瞬時に凝固して空飛ぶハイドラゴンを氷で包んだ。

直後、ハイドラゴンは氷の塊となってゴトッと地面に落ちる。

「はぁ、やっぱりすごいですねぇ～」

「さあ、あとはその爆弾石を投げてぶつけてみてください」

「はい、わかりましたぁ」

磯さんは投げ損じないように出来るだけ氷漬けになったハイドラゴンに近付くと、

「えいっ」

爆弾石を投げた。

俺は内心かなり不安だったが、磯さんの手から放たれた爆弾石はゆっくりと放物線を描いてハイドラゴンを覆う氷にガンッと当たる。

瞬間――

ドッガァァーン‼

と爆弾石は大爆発を起こし氷漬けになったハイドラゴンを見事粉砕、これを消滅させたのだった。

◇◇◇

「わぁっ、聞いてください。今のでわたしレベルが13も上がりましたよ～っ」

分不相応な強さのハイドラゴンを倒したことによってレベルが一気に上がったのだろう、磯さんは飛び跳ねて喜んでいる。

ステータスボードを確認してから、

「レベルが35になってますぅ〜っ」

嬉しそうに俺を見上げた。

「そうですか、それはよかったですね」

「はい。佐倉さんのおかげですぅ」

☆　☆　☆

このレベルアップによって磯さんの〈ちから〉の数値は飛躍的に上昇したようで、それによりこれからレベル上げがスムーズに行えるようになっていった。

ハイドラゴンやポイズンリザード、ゴブリンソーサラーなどを俺が氷結魔法で凍らせて磯さんがとどめを刺す。

この方法で磯さんは次々と現れる魔物を倒していくと同時にレベルを上げ続けていった。

レベルが上がりづらくなると下の階に進んで、アイテム回収のかたわらレベル上げに精を出す。

本来ならばまず倒せないような魔物も、俺が凍らせ身動きできない状態にすることによって、磯さんは楽にこれらを倒していった。

途中休憩や仮眠をとりつつ、レベル上げにいそしむこと実に丸三日間。

気付けば磯さんのレベルは71にまで跳ね上がっており、俺たちは青い洞のダンジョン地下三十九階にまで到達していたのだった。

☆　☆　☆

磯さんのステータスボードを横から覗《のぞ》き込《こ》んで見せてもらう。

****

名前：磯美樹《みき》

レベル：71

ＨＰ：３２１／３４４　ＭＰ：４１０／５０５

ちから：２５２

みのまもり：３１１

すばやさ：２６７

スキル：物理攻撃無効化
：魔法無効化
：必要経験値1／10
：解毒魔法ランク8
：閃光《せんこう》魔法ランク4
：識別魔法ランク1

＊＊＊＊＊＊＊＊＊＊＊＊＊＊＊＊＊＊＊＊＊＊＊＊＊＊＊＊＊

「磯さん、見違えるくらい強くなりましたね」

「ありがとうございます。みんな佐倉さんのおかげですぅ」

磯さんは屈託のない笑みを見せる。

「そんなことないですよ。磯さんが頑張ったからですよ」

かく言う俺も、ただ磯さんに協力していただけではなく少々おこぼれにあずかっていた。

それによって俺のレベルも２４９１４から２４９９１へと微増していた。

そしてアイテムも二人合わせて二十二個も手に入れていたのだった。

その中には薬草やポーションといった大したことのないアイテムから〈破壊の斧《おの》〉や〈マジカルスカート〉、〈ドラゴンメイル〉といった装備品、帰還石やエリクサーといった便利アイテム、そして〈ガルガンチュア〉や〈エクゾディア〉といった使用方法のわからないアイテムまで様々含まれている。

磯さんが識別魔法を覚えたのでこれらを鑑定してもらったのだが、なにせ磯さんの識別魔法のランクは1なので使用方法は結局わからずじまいだった。

その前に手に入れていたエクスマキナも一応調べてもらったがやはりレアアイテムなのだろう、アイテムの情報は何も得られなかった。

まあダンジョンセンターに持っていけば、ランク10の識別魔法を使える職員がいるはずだからどうということもないのだが。

ちなみにガラスで出来たような小さな人型のアイテムであるガルガンチュアと、オイルライターそっくりなエクゾディアは、高く買い取ってもらえそうな気がしたので、借金が一億円あるという磯さんに譲ることにした。

「さて、この階も調べつくしましたしそろそろ下に行きますか」

「はい、そうしましょう」

そして俺と磯さんは二人並んで地下四十階へと下りていく。

◇◇◇

青い洞のダンジョン地下四十階に下り立った俺と磯さん。

「なんかこのフロア、肌寒くないですかぁ～？」

「そうですね。嫌な感じがしますね」

磯さんの問いかけに答えながら俺はここが最深階だと直感する。

当然最深階ということはボスもどこかに潜んでいるはずだ。

「磯さん、気をつけていてくださいね。このフロアにはボスがいるはずですから」

「えぇっ⁉　魔物さんのボスですか？　だ、大丈夫でしょうかぁ？」

「多分大丈夫だとは思いますけど、いざという時は磯さん一人だけでも逃げてください」

そう言うと俺は不思議なバッグの中から帰還石を取り出して磯さんに差し出した。

「えぇ～っ！　一人で逃げるなんて出来ませんよそんなことぉ～っ」

と磯さんはぶんぶんと首を横に振り帰還石を受け取ろうとはしない。

「万が一の場合ですよ」

俺のレベルからしてピンチになることはまずないと思うが、それでも念のためいつでも地上に戻れるように磯さんには帰還石を預けておいた方がいいだろう。

「俺が持っているより磯さんが持っていた方が俺が安心するんで持っていてください」

「そ、そんなぁ」

俺は半ば無理やり磯さんに帰還石を手渡すと、通路を先へ先へと進んでいった。

☆　☆　☆

やはりというか案の定というか地下四十階にはボスが待ち構えていた。

俺たちがボスの待つ大きな部屋に入るなり、出入り口が突如として現れた金属製の壁によって閉じられてしまう。

「佐倉さぁん、閉じ込められちゃいましたよぉ……ど、どうしましょう」

「大丈夫。あいつを倒せば開くはずですよ」

開かなかったとしても俺が破壊すればいいだけの話だ。

最悪の場合は帰還石で地上に戻るという方法もある。

「磯さん、識別魔法であいつを見てもらえますか？」

俺は、部屋の中央でたたずんでいる体長二メートルほどの真っ黒い魔物を見据えながら言った。

「は、はいっ。スキル、識別魔法ランク１っ！」

俺の言葉を受けて磯さんが識別魔法を発動させる。

そして、

「……わかりましたよっ。あの魔物さんの名前はダークライガーですっ。弱点はえっと、聖光魔法みたいですっ」

磯さんもダークライガーとやらをしっかりと見ながら発した。

「佐倉さんすみません、わかるのはそれくらいですぅ」

「聖光魔法ですか……」

聞いたことはあるが実際に誰かが使うところは見たことがない、聖なる光で魔を討つ攻撃魔法だ。

……まあ自慢じゃないが、俺の力をもってすればわざわざ弱点を狙う必要などないな。

影がそのまま実体化したかのような姿のダークライガーは、余裕の表れなのか一切攻撃を仕掛けてこない。

俺と磯さんはそんなダークライガーとの距離を保ったまま言葉を交わす。

「これまでの魔物と同じように俺が氷結魔法であいつを凍らせますから、磯さんがとどめを刺してください」

「えぇ～っ、わ、わたしがやるんですかっ？」

「そうですよ。磯さんのレベルが99になるまで付き合うって約束したからにはあいつも磯さんに倒してもらいますからね」

「えぇ～、そんなぁ～」

磯さんの現在のレベルは71。

このダークライガーというボスを倒せばかなりの経験値が入るはず。

もしかしたら一気にレベル99も夢ではないかもしれない。

「じゃあいきますよっ。スキル、氷結魔法ランク10っ！」

俺は右手を前に出し、前方にいるダークライガーに向けて絶対零度の魔法を放つのだった。

◇◇◇

『オオォォォォーン!!』

俺が氷結魔法を唱えると同時にダークライガーの咆哮《ほうこう》が部屋中に響いた。

……。

するとどういうわけか唱えたはずの俺の氷結魔法が発動しない。

「ど、どうしたんですかぁ？　ダークライガーさん凍ってませんけど……」

磯さんが不思議そうに俺を見上げるが俺にもなぜかわからない。

もう一度っ。

「スキル、氷結魔法ランク10っ」

『オオォォォォーン!!』

俺の声に合わせるようにダークライガーが咆哮を上げる。

すると、

……。

また魔法が発動しない。

「あ、あのぅ、もしかしてですけどダークライガーさんが何かやっているんじゃ……」

「もしかしなくてもそのようですね」

どういう原理かはわからないが、ダークライガーが吼えると魔法がかき消されてしまうようだった。

「すいません磯さん。魔法攻撃が出来ない以上やっぱりあいつは俺が直接倒します」

「わ、わかりましたぁ」

俺は地面を蹴ると一瞬でダークライガーの目の前に姿を見せる。

そして、漆黒なので確認できないが、おそらく驚いているであろうダークライガーの顔面めがけて俺は右ストレートを――

『オオォォォォーン!!』

「っ⁉」

打ち込もうとした矢先、ダークライガーの口がアメーバのように突如として大きく伸び広がった。

それに虚を突かれた俺は、あろうことか全身丸飲みにされてしまったのだった。

「さ、佐倉さぁんっ⁉」

☆　☆　☆

気付くと、ダークライガーに丸飲みにされたはずの俺は薄暗くとても広い空間にいた。

「なんだここは……？」

ダークライガーの腹の中にしては異様に広すぎる。それに何もない。

「まるでアニメで見た亜空間みたいだな……」

すると、

「佐倉さぁんっ！」

俺を呼ぶ声が聞こえた。

磯さんだ。

振り返って見ると、磯さんが目を潤ませながら俺の名を叫んでいた。

「磯さんっ」

俺は空間の壁をドンドンと強く叩《たた》くが、磯さんからは俺の姿が見えていないようで「佐倉さんっ！　佐倉さぁんっ！」と何度も俺の名前を呼び続けている。

そこで、

「スキル、火炎魔法ランク10っ」

俺は最大火力の巨大な炎の玉を壁に向かって撃ち込んでみた。


ドゴォォーン！！！


だが、炎の玉は仄暗《ほのぐら》い壁に直撃するも吸収されるようにして消えていってしまう。

「マジかよ……だったらこれならどうだっ。スキル、電撃魔法ランク10っ！」


バリバリバリィィィ！！！

雷を超えた超電撃が壁にぶち当たる……がしかし、これもまた壁に吸い込まれていってしまった。

「おいおい嘘《うそ》だろ……まさか俺、閉じ込められた……？」

◇◇◇

ダークライガーに飲み込まれた俺は一人亜空間に閉じ込められてしまっていた。

俺がやられてしまったと思っているのだろうか、外では磯さんが涙ながらに「佐倉さぁんっ！」と俺の名前を叫んでいる。

「一応俺は無事ですよ、磯さんっ」

返事をしてみるがこっちの声も姿も磯さんには届いていないようだ。

しかし無事とはいえど、この亜空間から抜け出す方法を考えないとな。

俺はすでに攻撃魔法を試みていたが、魔法は壁に吸収されるだけで壁を破壊することはかなわないでいる。

帰還石を持っていればここから出ることも出来たかもしれないが、ピンチに陥った時に一人で逃げてもらえるように、俺は帰還石を磯さんに預けてしまっていた。

どうするか……？

いちかばちか全力でこの壁を殴りつけてみるか。

そう思い壁の前にすっと立つと、

「佐倉さんわたしっ……」

磯さんは涙を手で拭うと、肩にかけたバッグの中に手を突っ込んでまさぐり始めた。

どうやら預けておいた帰還石を使うつもりだな。

だが俺の予想は外れ、磯さんはバッグから使用用途が不明なままのアイテムであるガルガンチュアとエクゾディアを取り出した。

「佐倉さんわたし……佐倉さんの仇《かたき》を討ちますぅっ！」

逃げればいいものを力強くそう宣言する磯さん。

俺、まだ死んでないんですけどね……。

「ダークライガーさん、いきますよっ」

そう言って磯さんはガラスで出来たような人型のアイテム、ガルガンチュアを天に掲げた。

……。

……。

何も起こらない。

「えぇ～、な、なんで何も起こらないんですかぁ～っ⁉」

その後も「えいっ。えいっ！」とガルガンチュアを振り回す磯さん。

それをただじっと眺めるダークライガーと俺。

すると、
ガシャン！

「きゃっ！」

手が滑ったのか磯さんはガルガンチュアを地面に叩きつけ割ってしまった。

「あぁ～っ、割れちゃいましたぁ～……」

と、その時だった。

「えぇ？　な、なんですかぁ〜っ⁉」

割れたガルガンチュアの中から大量の煙がもくもくと発生し、それとともに巨大な人型のロボットが突如として現れたのだった。

◇◇◇

「あのぅ、もしかしてあなたがガルガンチュアさんですかぁ？」

突如出現した巨大ロボットを見上げながら磯さんが声をかける。

ゴゴゴゴ……とゆっくり顔を動かし巨大ロボットはがくんとうなずいた。

「わぁ〜、すごいですぅ。ガルガンチュアさんはわたしの代わりに戦ってくれたりするんですかぁ？」

するとガルガンチュアはまたもゆっくりとうなずく。

「わぁ、頼もしいですぅ……じゃ、じゃあ早速ですけどガルガンチュアさん、あの魔物さんをやっつけてくださいっ。佐倉さんの仇なんですぅっ」

磯さんの声を合図にして、ガルガンチュアがゴゴゴゴ……と巨大な拳をダークライガーめがけ振り下ろした。

『オオォォォォーン‼』

だがその時だった。

ダークライガーは咆哮を上げると俺を飲み込んだ時と同じように口を大きく開け広げ、ガルガンチュアの拳を飲み込み出す。

「あぁっ、ガルガンチュアさぁんっ！」

磯さんの悲痛な声もむなしく、ガルガンチュアの大きな体はダークライガーによって吸い込まれるようにしてあっさり丸飲みにされてしまった。

するとそれと同時に、俺がいる亜空間の宙に穴が開き、ガルガンチュアがそこからにゅうっと現れる。

「おわっ⁉」

急に現れたガルガンチュアに驚く俺。

どうやらダークライガーに飲み込まれたものはこの亜空間に飛ばされるようだった。

「なるほど……じゃあダークライガーがもう一度何かを飲み込む時が出るチャンスってわけか」

全身全霊で亜空間の壁を殴りつけるという手段は最後の切り札にとっておいて、とりあえず磯さんにこの状況をゆだねてみるか。

こんなこと言ったら悪いけど、どこか抜けている磯さんならそのうち勝手に飲み込まれてくれそうだしな。

「そんなぁ、ガルガンチュアさんまでやられちゃいましたぁ〜……こ、こうなったら、もう一個のアイテムを使いますぅっ！」

そう言うと磯さんは、左手に持っていたオイルライターそっくりのエクゾディアというアイテムを高々と掲げてみせた。

そしてカチッとエクゾディアのスイッチを押す。

するとその瞬間、穴が開いていた部分からボゥッと炎が燃え上がり、炎の化身のような存在が顕現した。

その存在に「わぁ、きれい〜」と目を奪われつつも、

「あ、あのぅ、あなたがエクゾディアさんですか？」

磯さんが訊《たず》ねる。

『……そうだ。我こそは炎の精エクゾディアなり……』

威圧感のある声が返ってきた。

『……願いを言え。一つだけ叶《かな》えてやろう……』

「お願いですか？　なんでもいいんですか？」

『……構わん。好きな願いを言え……』

「あの……だったら、さっきあそこの魔物さんに食べられてしまった佐倉さんを生き返らせてください っ！」

磯さんが目を閉じ必死に懇願する。

磯さん、やっぱり俺が死んだと思っているんだな。

『……その者は生きている。よってその願いは聞けん……』

「ふぇ？　佐倉さん、い、生きているんですか⁉　本当ですかっ⁉　よかったぁ〜」

胸を押さえほっと息を吐く磯さん。

『……さあ早く願いを言え……』

「じゃ、じゃあそこにいる魔物さんを退治しちゃってくださいっ！　……で、出来ますかぁ？」

『……たやすいことだ……』

磯さんがダークライガーを指差し、願いを告げると、エクゾディアはすうぅっとその姿を消した。

そして三秒ほどの沈黙が過ぎたあとだった。

『ウグ……オ、オオォォォォーッ……!?』

ダークライガーは苦しそうな声を上げげ――直後絶命した。

◇◇◇

気付くと俺は巨大ロボット、ガルガンチュアとともに亜空間から抜け出ていた。

「佐倉さぁ～ん！　よかったぁ～っ」

俺の姿を見て磯さんが駆けつける。

「本当に生きていたんですねっ」

「ええまあ。さっきまでダークライガーの腹の中というか亜空間というか、そんな場所にいました」

「あくうかん？　よくわからないですぅ……でもそれならなんですぐに出てこなかったんですか？

わたし死んじゃったと思ったんですからねっ」

怒っているのか少しだけ頬を膨らませてみせる磯さん。

「いや、出ようとは思ったんですけどなかなか上手《うま》くいかなくて……」

亜空間に閉じ込められた時の対処法なんて知らないし……。

「え？　転移魔法を使えばよかったんじゃないんですか？　佐倉さんて転移魔法を覚えているはずですよね、わたし佐倉さんのステータスボードで見ましたよ」

「あっ！　そういえば……」

トラップボタンを利用してレベル上げをしていた時に、転移魔法とやらを覚えていたのだった。

「……すっかり忘れてました」

転移魔法のことは失念していた。

そうでなければさっさと転移魔法を使って亜空間から抜け出ていたところだ。

磯さんは抜けているのかしっかりしているのかやはりよくわからない人だ。

「あ、それより俺のためにガルガンチュアとエクゾディアを使わせてしまってすいませんでした」

ガルガンチュアはともかくエクゾディアは激レアアイテムだったに違いない。

どこまでの願いを叶えられたかは今となっては謎だが、もしかしたら磯さんの借金一億円を完済できるくらいの価値があったかもしれないのに……。

「いいんですよぉ。エクゾディアさんのおかげでわたしついさっきレベル99になりましたからぁ」

磯さんはにこにこと微笑《ほほえ》みながら体を揺らす。

「えっ本当ですか？」

「はい。それにほら、これ見てください」

磯さんは背中に隠していた手を前に出した。

その手には漆黒の丸い玉が握られていた。

「なんですか、それ？」

「さっきの魔物さんのドロップアイテムですぅ。識別魔法で調べたら〈ダークマター〉っていう名前でしたぁ」

「ダークマター……ですか」

「わたしの識別魔法では名前しかわからなかったのできっとこれもすごいレアなアイテムですよぉ」

と磯さんは言う。

レベルが上がった磯さんの現在の識別魔法のランクがどれほどかはわからないが、たしかにダークマターというこのアイテムは、レアなにおいがぷんぷんする。

「はい、どうぞぉ」

するとと磯さんがダークマターを俺に差し出してきた。

「え……な、なんですか？」

まさかこのアイテムを俺にくれる気なのか……いやいや、そんなまさかな。

「このアイテムは佐倉さんに差し上げますぅ」

そのまさかだった。

「いやそんな、受け取れませんよ。それは磯さんがダークライガーを倒して手に入れたものなんですから、磯さんのものですよ」

「でもでもぉ、佐倉さんのおかげでわたしのレベルは99になったんですから、これはそのお礼ですぅ」

ぐいぐいっと俺の胸にダークマターを押しつけてくる。

「駄目ですって。それは磯さんのものですっ。俺、絶対に受け取りませんからねっ」

俺は手を後ろに回しこれを拒否した。

「むぅ～……佐倉さん頑固ですぅ」

「お互い様ですよ。俺はすでにエクスマキナを貰ってるんですからね……とにかくそれはもうしまってください」

「佐倉さんってばぁ……」

借金が一億円もある人からこれ以上レアアイテムを譲ってもらうわけにはいかない。

俺は磯さんから顔を背けると、心を鬼にして磯さんの言葉を無視し続けた。

☆　☆　☆

「もう～……わかりましたよぉ。じゃあこのアイテムはわたしが貰っちゃいますからね。いいんですね？」

俺の無視作戦が功を奏し、磯さんは渋々ながらダークマターを肩にかけたバッグの中にしまい込む。

「もしすっごく高く買い取ってもらえても知りませんからね」

「いいですよ」

俺は俺でエクスマキナというおそらくレアであろうアイテムを手にしているから、金銭的な問題はない。

そのほかにも、このダンジョンでは合計二十以上ものアイテムを拾っているし、それらを売れば充分な額になるだろう。

「じゃあそろそろ地上へ戻りましょうか」

「はい、佐倉さん」

二人で大部屋をあとにしてからふと振り返って見ると、俺とともに亜空間から出てきていたガルガンチュアの姿はもうどこにもなかった。

帰還石は買い取り価格が三十万円と高額なので磯《いそ》さんにそのまま譲ることにした。

そのため俺と磯さんは、歩いて青い洞のダンジョン地下四十階から地上へと向かっていた。

道中襲い来るポイズンリザードやハイドラゴン、ゴブリンソーサラーなどを蹴散らしつつ階段を探しこれを上っていく。

「はっ」

通路の前後で魔物たちに囲まれた俺たちだったが、俺は冷静に後ろから迫ってきていたハイドラゴンを一撃で無に帰すと、

「えいっ！」

『ギギッ……！』

磯さんは右手に持った破壊の斧《おの》を振るいゴブリンソーサラーをなぎ払った。

さらに通路の後ろに控えていたポイズンリザードとハイドラゴンに向かって、

「スキル、閃光《せんこう》魔法ランク10っ！」

声を発しながら熱光線を放つ磯さん。

『グエェッ……！』

『ギャアアァァァッ……!!』

磯さんの手のひらから放出された高熱の光線により、腹に穴の開いたポイズンリザードとハイド

ラゴンが断末魔の叫び声を上げ消滅していく。

「ナイス、磯さんっ」

「はいっ」

自然とハイタッチを交わす俺たち。

レベルが99になった磯さんはもう俺の手助けがなくても、充分に一人で魔物を打ち倒せるようになっていた。

☆　☆　☆

下りる時は三日以上かかった青い洞のダンジョンも、上っていく時はアイテム回収に追われたり道に迷ったりすることもなかったので、さくさくと進んでいけた。

また、磯さんが頼りがいのある存在になってくれていたことも幸いし、俺たちは丸一日とかからず地上へと戻ることが出来たのだった。

☆　☆　☆

ダンジョンを出た俺たちは久しぶりの日差しを体中に浴びながら、

「わぁっ、まぶしいですぅ～……でも無事に地上に戻ってこれたんですね、わたしたち」

「ええ。俺たちでこのダンジョンをクリアしたんですよ」

「ふふっ。やったぁ～、嬉《うれ》しいですぅ～っ！」

喜びを分かち合った。

「じゃあ早速ダンジョンセンターに向かいますか」

手に入れたアイテムを買い取ってもらうため俺がダンジョンセンター行きを提案すると、

「あ、ちょっと待ってください。その前にお昼ご飯にしませんかぁ？」

磯さんが申し出る。

その言葉を受け今何時だろうとスマホを確認するが、充電切れで現在時刻はわからない。

まあ、俺も割と腹減ってるし、ダンジョンセンターに行く前に腹ごしらえするのもいいかもな。

そう思い、

「わかりました。どこ行きます？」

「わたしハンバーガーが大好物なんですぅっ」

「奇遇ですね。俺もですよ」

俺たちは昼ご飯を食べにファストフード店へと向かった。

☆　☆　☆

「あ～お腹《なか》いっぱいですぅ」

満足そうに言うと磯さんは紙ナプキンで口元を拭く。

すでに食べ終えていた俺はその様子をただ眺めていた。

「美味《おい》しかったですねぇ」

「そうですね。この店は静かで雰囲気もいいですし、また来ようかな」

俺はファストフード自体は好きだが、混雑した場所は好きではないのでいつもテイクアウト専門なのだが、磯さんと訪れたこの店は落ち着いた大人な雰囲気でなかなかいい感じだ。

今度一人で来ようと思う。

「それで佐倉《さくら》さんはこれからどうするんですかぁ？　またダンジョンに行くんですかぁ？」

対面に座る磯さんが首をかしげ訊《き》いてくる。

「そうですね。アイテムを売って必要なものを買って残金を家の金庫にしまったら、またすぐにダンジョンに潜るつもりですよ」

稼げるときにより多く稼いでおきたい。

夢は大きく一億円プレイヤーだ。

「そうですかぁ。すごいですぅ」

「そういう磯さんはどうするんですか？」

「えへへ〜、わたしもまたダンジョンに行くつもりですよぉ。佐倉さんのおかげでレベルが99になったので、これまでよりももっといっぱいアイテムをみつけることが出来ますからねぇ」

笑みを浮かべながら磯さんは言った。

借金が一億円もあるというのならいっそ破産申請という手もあるのだろうが、磯さんはその気はないらしいな。

「そうですか。頑張ってくださいね」

応援するくらいしか俺には出来ないが、磯さんには幸せになってほしい。心からそう思う。

◇◇◇

「じゃあ磯さん、そろそろ行きましょうか」

「はいっ」

俺と磯さんがファストフード店を出ようと席を立とうとしたまさにその時——

「おっ、懐かしい奴《やつ》がいるじゃんか」

店に入ってきた背の高い男が聞き覚えのある声を放った。

「桜庭《さくらば》っ……!?」

その背の高い男とは桜庭という、高校で出会った顔はいいが性格の悪い、いけ好かない奴だった。

こいつのいじめを見て見ぬ振り出来なかったせいで、俺は高校を退学になったという過去がある。

そんな俺とは浅からず因縁のある桜庭だったが、俺に気付いた様子はなくレジに並んでいた背の低い少年に向かって言葉を投げかけているようだった。

「おい、無視すんなよっ」

「…………」

桜庭に背中を叩《たた》かれても振り向くどころか微動だにしない少年。

すると、

「おおっ、伊集院《いじゅういん》じゃん」

「マジっ⁉　ヤベー」

「相変わらずちっせーな」

桜庭の連れが続々と店に入ってきた。

そいつらも俺には見覚えのある顔ばかりだった。

坊主頭にロン毛に天然パーマ。

桜庭と同様、俺がまだ高校に通っていた時の、クラスのヒエラルキーの頂点にいた一軍連中だ。

ん？　ってことは伊集院って呼ばれているあの少年はもしかして……。

俺は桜庭たちに対して完全無視を決め込んでいる少年を目を凝らして再度見る。

するとどうだろう、

「あ……あいつ、伊集院陽太《ようた》か……？」

俺はその少年にも見覚えがあった。

というより覚えていて当然だ。むしろ今の今まで気付かなかったことの方がどうかしている。

「佐倉さん、あの方たちお知り合いですかぁ？」

きょとん顔の磯さん。

「え、ええ、高校の時の知り合いです」

俺はそう答えるが知り合いなんて生易しいものじゃない。

いじめの加害者である桜庭たちとその被害者である伊集院陽太。

あいつらの嘘《うそ》の証言のせいで、俺は高校を退学することになったのだからな。

◇◇◇

「おい、てめぇ。サクちゃんが話しかけてやってんだ、無視すんじゃねぇよっ」

坊主頭が伊集院の頭を小突いた。

「…………」

「なんとか言えやっ」

さらにドンッと背中を押されるも、

「…………」

伊集院はただうつむいているだけで振り返りもしない。

「お前なんで高校辞めたんだ？　オレらが毎日遊んでやってたのによお」

桜庭が伊集院の髪をぐしゃぐしゃとかき乱しながら言った。

「…………」

それでも伊集院は無反応。

ん？　伊集院が高校を辞めた……？

桜庭の言葉で俺はそのことを初めて知る。

「高校辞めて今何やってんだお前？　ニートか？」

「…………」

「てめぇいい加減こっち向けやっ！」

桜庭の言葉をシカトし続ける伊集院に腹が立ったのだろう、坊主頭が伊集院の背中を強く蹴飛ばした。

　ガンッ。

　その勢いで伊集院はレジカウンターに頭からぶつかってしまう。

「お、お客様っ⁉」

　そこでようやく今まで素知らぬ顔をしていた女性の店員も声を上げ、カウンターを回って伊集院に駆け寄った。

「だ、大丈夫ですか、お客様っ」

「……はい。平気です」

　伊集院が小さく声を発する。

　久しぶりに聞く伊集院の声はひどくかすれていた。

「伊集院、てめぇオレらを無視した罰だっ。ここの会計全部てめぇ持ちだかんなっ」

　と坊主頭が床に膝をつく伊集院を見下ろす。

　長い前髪で表情は読み取れないが、伊集院は額を強く打ちつけたようで、眉間を伝って血が床にぽたりと落ちるのが見えた。

　と、

「あのぅ佐倉さん。あの方たち揉《も》めているみたいですけどぉ……」

　磯さんが心配そうに俺をみつめて言った。

「え？　あ、あー、そう……ですね」

　正直、伊集院を助ける義理などさらさらない。桜庭たちと関わるのもごめんだ。

だが、磯さんの手前、知らぬ存ぜぬというわけにもいかないようだった。

……仕方ない。

磯さんに感謝しろよ、伊集院。

俺は伊集院を助けるため椅子からすっと立ち上がり、そのままレジの方へと足を一歩踏み出し

「ぎゃあぁぁっ！！？」

たところで坊主頭が突然悲鳴を上げた。

「あぁぁぁっ、痛ぇぇよぉぉっ‼」

見ると坊主頭の両腕が関節とは関係なくおかしな方向に曲がっている。

「お、おいどうしたっ⁉　なんだってんだよっ⁉」

「大丈夫か荻野《おぎの》っ！」

「こいつ、腕が折れてんじゃねぇのかっ⁉」

もだえ苦しみながら床を転げまわる坊主頭を見て動揺する桜庭たち。

すると伊集院がゆっくりと立ち上がり口を開く。

「……桜庭くん、さっきボクが高校を辞めてから何をやっているかって訊いたよね」

伊集院は桜庭にくしゃくしゃにされた髪を両手でオールバックにかき上げつつ、

「……教えてあげるよ。ボクはね、プロのプレイヤーになったんだ」

感情のない瞳で桜庭たちを見据えた。

「伊集院、お前っ……」

「まさかてめぇがやりやがったのか、こらっ！」

「てめぇ、荻野に何しやがったっ！」

「……身をもって体験するといいよ……スキル、捻転魔法ランク10」

伊集院が唱えた瞬間、

ボキボキボキッ！！！

桜庭たちの手足がねじれて折れ曲がり、

「うあぁぁぁぁっ!!」

「んあぁぁぁぁっ!!」

「があああぁぁぁぁぁっ!!」

桜庭たちの耳をつんざくような悲鳴が店中に響き渡った。

◇◇◇

「うあぁぁあっ！」

「痛ぇぇえっ!!」

「ぐあああぁぁっ！」

「痛ぇぇぇぇぇよぉぉぉっ！」

桜庭たちの痛々しい悲鳴が店中にこだまする中、伊集院が店を出ていこうとする。

俺はそんな伊集院の前へと瞬時に回り込んだ。

「……ん？　えっ？　さ、佐倉くん？　きみ……どうしてここに……？」

「お前らより先に店にいたんだ」

「佐倉さんっ、わたしダンジョンセンターで回復魔法が使える方を呼んできますぅっ！」

そう言うと磯さんが店を駆け出していく。

俺を見て一瞬驚いた顔を見せた伊集院だったがまた感情を抑えた顔に戻ると、

「……そ、そうなんだ。ところで佐倉くん、今の誰？」

ぼそっとつぶやいた。

「誰でもいいだろ。それより伊集院、今さっきのお前がやったんだよな」

「……そうだよ。ボク、プロのプレイヤーになったんだ……ボクのレベル、いくつだと思う？」

「さあな」

「……ふふ、佐倉くんになら特別に教えてあげてもいいよ。きみには少なからず感謝しているからね」

口をあまり動かさずぼそぼそと喋《しゃべ》る伊集院。

「いくらいじめられていたからって、さすがにこれはちょっとやりすぎじゃないのか」

俺は痛みに耐えかねて床を転げまわっている桜庭たちを手で示して言う。

「……おかしいな。佐倉くんはボクの味方だと思っていたのにな」

「俺もこいつらは嫌いだけど手足の骨を折るのはちょっとな、どうかと思う」

「……そう。わかったよ……もういいからそこどいてくれる」

「いや、お前のしたことはさすがにやりすぎだ。悪いけど見過ごせない」

そう言うと俺は伊集院の腕を掴《つか》んだ。

すると伊集院は俺の腕をさらにもう片方の手で掴み返してくる。

俺はそれを振り払おうと少しだけ腕に力を込めた。

だが――びくともしない。

な、なんだ、こいつの力は……⁉

いくら手加減しているとはいえ、人知を超えた力を持った俺と同等の力でもって伊集院は俺の腕を握り返してくる。

にやりと笑う伊集院に対して、

「お、お前……一体――」

そこまで言った時だった。

俺はずっと伊集院と目を合わせていたはずなのに、気付くと俺の目の前から伊集院は忽然《こつぜん》と姿を消していた。

「――い……？　伊集院……？」

周りを見回すが伊集院の姿はどこにもなく、未《いま》だ悲鳴を上げ続けている桜庭たちだけが俺の足元に転がっていた。

☆　☆　☆

磯さんが呼んできてくれたダンジョンセンターの職員によって無事元通りになった桜庭たちは、俺と目が合うなり礼を言うこともなく、蜘蛛《くも》の子を散らすように去っていった。

そして俺と磯さんも、ファストフード店をあとにすると伊集院のことを気にしつつも、ダンジョンセンターの職員とともにダンジョンセンターへと足を運んだのだった。

◇◇◇

ダンジョンセンターに着くと「佐倉さんからどうぞぉ」と磯さんにうながされ、先に俺がアイテムを買い取ってもらうことに。

「ではお売りになりたいアイテムを出していただけますか？」

カウンターを挟んで対面に座る女性が、俺の目をしっかりと見ながら丁寧な口調で言う。

俺はそれを受けて、不思議なバッグの中から青い洞のダンジョンで手に入れたアイテムを取り出すと、次々とカウンターの上に置いていった。

上薬草やハイポーション、鋼鉄の鎌や幸運のイヤリング、エリクサーや魔石などなどがカウンターの上に所狭しと並ぶ。

「すごく沢山ありますね」

「そうですね。二十アイテム以上はあると思います」

「そうですか……あら？　こちらのアイテムは……」

「あ、それはエクスマキナというアイテムらしいです」

エクスマキナとは磯さんから貰《もら》った懐中時計のような見た目のアイテムだ。

俺にとって初めて手にしたアイテムなのでその用途はまるでわからない。

すると女性は、

「はい、存じています。つい先ほどお客様と同じくらいの年の男性の方が持っていらしたものを鑑定したばかりですので……こちらは時間を十秒間止めることが出来るというレアアイテムになります。買い取り価格は四十万円ですね」

エクスマキナを手に取り説明してくれる。

「え……時間を止められるんですか？」

「はい。時間が止まっているのに十秒間というのもおかしな話ですけれど」

「ふふふっ」と俺を見つつ女性が微笑《ほほえ》む。

時を止めるアイテムか……買い取り価格も四十万円と高額だし、なんだか磯さんに悪い気がするなぁ。

「それでは鑑定をいたしますので少々お待ちください」

「あ、はい」

俺がカウンターに出した品々を持って後ろの部屋へと入っていく女性。

ヘルプでほかの職員さんもそれを手伝う。

買い取り価格の査定が終わるのを待つ間俺は磯さんに向き直り、

「エクスマキナ、俺が貰っちゃってよかったんですか？」

あらためて訊いてみた。

「えへへ～、もちろんですよぉ。佐倉さんはわたしの恩人さんなんですからぁ」

とぽわぽわとした答えが返ってくる。

とても一億円の借金がある人の言動だとは思えない。

☆　☆　☆

しばらくして、

「お待たせいたしました」

と女性が札束を持って戻ってきた。

「えー、ではまず薬草が四つで二万円、上薬草が二つで三万円、ポーションが二つで一万円、ハイポーションが三つで四万五千円、ドラゴンの盾が……」

女性は用紙をチェックしながら買い取り価格の内訳を説明してくれる。

「……エリクサーが二つで百万円、それから……」

「あ、ちょっと待ってください。エリクサーって一つ十万円じゃなかったでしたっけ？」

前まではたしかそのはずだったが……。

「そうですね。これまでは十万円だったんですけれど、最近になって買い取り価格が一つ五十万円に上がったんです」

と女性が言う。

その女性曰《いわ》く、全体的にプレイヤーのレベルが上がってきたことによる個人個人の最大ＨＰ、ＭＰの増加が一因らしい。

「……ということで以上になりますね。ですので合計が百八十二万五千円です。こちらでよろしいでしょうか？」

「はい。それでお願いします」

最終的に俺が思っていたより高く査定してもらえた。

エリクサーの買い取り金額が上がっていたのが俺にとっては嬉しい誤算だった。

次からはこれまで以上に積極的にエリクサーを集めるとしようかな。

◇◇◇

百八十二万五千円を受け取った俺は、それを不思議なバッグの中にしまうと椅子から立ち上がり、後ろで待っていた磯さんと交代する。

「ではお売りになりたいアイテムを出していただけますか？」

「はぁい、わかりましたぁ」

肩にかけたバッグを開けて中から四つのアイテムを取り出す磯さん。

にこにこしながら、

「えっとですねぇ……魔石と帰還石とハイポーションとダークマターですぅ」

カウンターの上にきれいに並べていく。

「ダークマター……？」

「はい。ダークマターですぅ」

漆黒の球体を手で示しつつカウンターの対面に座る女性が、

「すみませんがこちらはどちらのダンジョンで手に入れたものでしょうか？」

磯さんに訊《たず》ねた。

「青い洞のダンジョンのボスの魔物さんが残していったんですぅ」

「えっ、青い洞のダンジョンを攻略されたのですかっ⁉」

「はい。わたしと佐倉さんとで今さっきクリアしてきましたぁ。ねぇ佐倉さん？」

と磯さんは振り返って言う。

俺は「そうですね」とだけ返しておいた。

「未踏破ダンジョンをクリアされたのですか。それはおめでとうございます」

「いえいえ、ありがとうございますぅ」

「実は先ほどのエリクサーの買い取り価格と同様にですね、最近になって法律が一部改正されまして、未踏破ダンジョンクリア時にも特典がつくようになったんです」

「？　特典ですかぁ？」

女性は続ける。

「はい。といっても赤い影のダンジョンクリア時のように三千万円という金額まではいかず、その十分の一の三百万円なのですが……」

「わぁっ、すごいですぅ」

磯さんが手を合わせて声を上げた。

後ろで聞いていた俺も心の中で「おおーっ」と歓声を上げる。

もともとないと思っていた未踏破ダンジョンクリア時の報奨金が出るというのならば、俺としては文句などあるわけない。

三百万円でも充分嬉しい。

「もちろんきちんと最深階のフロアボスが倒されているかどうかを確認してからとなりますので、報奨金のお支払いはだいぶ先になってしまいますが……」

「全然いいですよ」

三百万円と聞いてテンションが上がっていた俺が代わりに答える。

「そういうことですので、これから先ももし未踏破ダンジョンを攻略された場合は申し出てくださいね」

「はぁい、わかりました」

「それではこちらの四つのアイテムを鑑定してまいりますね」

「お願いしますぅ」

女性はアイテムを持って奥の部屋へと入っていった。

「佐倉さん、聞きましたかぁ？　三百万円ですって」

磯さんは満面の笑みで振り返る。

「はい聞きました。半々でいいですかね？」

ボスを倒したのは磯さんだからちょっと図々《ずうずう》しいかとも思ったが、

「はい、もちろんですぅ。仲良く半分こにしましょうね」

磯さんはこくんと大きくうなずいた。

◇◇◇

「申し訳ありません、大変お待たせいたしましたっ」

奥の部屋から女性が戻ってきた。

女性が言うように、俺と磯さんは買い取りの査定に一時間半も待たされていた。

「どうかしたんですか？」

俺は戻ってきた女性に声をかける。

磯さんの売ろうとしているアイテムはたったの四つ。その査定に一時間半もかかるなんて普通ではない。

「それが実はですね……帰還石と魔石とハイポーションは合計で三十六万五千円とすぐに査定できたのですが、ダークマターがですね、全国というか全世界で初めてダンジョンセンターに持ち込まれたアイテムのようでして……」

女性はこめかみの汗をハンカチで拭いつつ、

「アイテムの鑑定は出来たのですが買い取り価格に折り合いがつかなくてですね……現在上の方と相談しているのですがなかなか……」

丁寧に言葉を選んで説明する。

「あのすいません、ダークマターってどんな効果のあるアイテムなんですか？」

俺はどうしても気になったので訊いてみた。

すると、

「ダークマターはですね、魔石の何億倍ものエネルギーを秘めた鉱石です。ランク10の識別魔法を使えるうちの職員が言うには、これ一つを巡って戦争が起こりかねないのではないか、とも……」

女性は深刻そうな顔でささやく。

「えぇっ、戦争ですかぁっ！」

「磯さん、声大きいです」

「あっ、すみませんっ」

慌てて口を手で覆う磯さん。

新時代のエネルギーとして期待されている魔石。

その何億倍ものエネルギーを秘めているというダークマター。

地方のダンジョンセンターの職員レベルではとても値がつけられない代物のようだ。

「そういうわけですので今日中にどうこうというのはちょっと無理かもしれません、申し訳ありませんが……」

「そうですかぁ」

磯さんは事の重大さをわかっているのかいないのか、ふむふむとうなずいている。

「ダークマターですがしばらくこちらで預からせていただいてもよろしいでしょうか？　買い取り価格が決まり次第こちらからご連絡差し上げますので」

「佐倉さぁん、どうしましょう？」

磯さんはすがるように俺に訊ねるが、

「ダークマターは磯さんのものなんで磯さんが決めればいいと思いますよ」

俺に口を出す権利はない。

もしかしたら磯さんの借金をまとめて返せるだけの価値があるかもしれないのだからな。

結局、磯さんは「うぅ～ん……」と首をひねりながら悩んだ末、

「じゃあ、それでお願いしますぅ」

と女性の言葉に従うことにした。

「そうですか、ありがとうございます。それでは今回はハイポーションと魔石と帰還石の買い取り金額といたしまして三十六万五千円になりますがよろしいですか？」

「はぁい」

磯さんは三十六万五千円を手にすると大切そうにバッグの中にしまい込む。

「ではダークマターの件はあらためてご連絡いたしますのでよろしくお願いいたします」

「わかりましたぁ」

こうして俺と磯さんは、女性に見送られながらようやくダンジョンセンターをあとにしたのだった。

◇◇◇

　ダンジョンセンターを出ると、

「ちなみにそれは売らなくてよかったんですか？」

　俺は磯さんの持つ破壊の斧を見下ろして言った。

「はい。これはわたしの専用の武器にしようかなぁって思ってます。佐倉さんとの冒険の記念でもありますし」

「そうですか」

　俺にとっては武器など邪魔なだけだが、普通のプレイヤーからしたら、たしかに武器はあった方がいいはずだな。

　そう思い一人納得していると、

「佐倉さん、ありがとうございましたっ」

　磯さんが唐突に頭を下げた。

「ん、なんですか？」

「佐倉さんのおかげでわたし、心も体も強くなれた気がします。佐倉さんとはこれでお別れですけどわたし、佐倉さんとの冒険を胸にこれからも頑張りますぅっ」

　磯さんは何か吹っ切れたようなすがすがしい表情で言う。

「そうですか……」

　レベル99になるまで付き合うという約束だったからこれで磯さんとはさよならか。

「あんまり話しているとお別れするのが寂しくなるので、わたしもう行きますねっ」

「あっ、ちょっと待ってくださいっ」

そう言うと俺は適当な紙切れに自分の電話番号を書き、それを磯さんに手渡した。

「これ俺の電話番号です。何かあったら連絡してください」

……決して下心などはない。

ダンジョンのクリア報酬三百万円の受け取りなどを相談するために必要だから渡すだけだ。

「ありがとうございます。じゃあ、本当にもうこれでお別れですぅ。佐倉さん、お世話になりました」

「こちらこそ」

「えへへ～。じゃあさようならっ」

磯さんはスカートを翻《ひるがえ》すとたたたっと駆け出していった。

俺は磯さんの少しだけ大きくなったような背中をみつめながら、

「さようなら、磯さん」

無意識にそうつぶやいていた。

第十三章　佐倉真琴《さくらまこと》十七歳

窓の外を見ると、自宅の庭に植えられた桜の木が満開の花を咲かせていた。

それは形容しがたい美しさで、眺めているだけで心が自然と安らぐのを感じる。

だがしかし、少し先の歩道に目をやると、そこには鎧《よろい》や兜《かぶと》を身につけた、見るからにプレイヤーという若者たちがうろついていて、何かを探すように首をきょろきょろと振っていた。

「はぁ……またか」

俺は天を仰ぎ、嘆息する。

なぜかって？

それは彼らの目的が、おそらく俺を自分たちのチームに勧誘するためだろうからだ。

俺をチームに引き入れて、楽に大金をゲットしようという算段に違いない。

実際、昨日も一昨日も同じような考えを持った連中がうちを訪ねてきたからな。きっとそうだ。

「どうしてうちの住所がバレてるんだろうな、まったく……」

そう愚痴をこぼしながらも理由はなんとなくわかっている。

というのも、それなりに名に通ったプレイヤーの情報はネット上に載っていることが多々あるからだ。

その証拠に、閃光《せんこう》の紅蓮団《ぐれんだん》のメンバー四人が通っている高校の名前もネット上には掲載されているらしく、プレイヤーの間ではそれは周知の事実となっているのだそうだ……俺は興味ないがな。

だから、俺の個人情報なんかも調べようと思えばネットで調べられるのかもしれない。

「便利な世の中だよ……」と皮肉めいた言葉を口にしつつ、俺は小さく息を漏らす。

そして、机の上に置かれたスマホに恨めしい感情を一杯に込めた視線を送るのだった。


だが、少々調子に乗りすぎてしまった。

磯《いそ》さんとのダンジョン探索から早三ヵ月が経過し、季節は春を迎え、俺は十七歳になっていた。

もちろんこの三ヵ月の間も、俺は県内外を問わず様々なダンジョンにひたすら潜り続けていたのだが、少々調子に乗りすぎてしまった。

というのも未踏破ダンジョンクリア時の報酬が設けられたことがその一因だ。

俺はこれまでは出来るだけ悪目立ちしないようにと、ダンジョンをクリアしてもその報告を一切していなかったのだが、クリア報酬の三百万円欲しさにその旨をダンジョンセンターに報告するようになっていた。

それにより俺は弱冠十七歳でありながら貯金額が五千万円を超えるまでになっていたのだが、それと同時にダンジョンセンターの職員、ひいてはほかのプレイヤー、さらにはプレイヤーではない一般人にまでも名前を知られる存在となってしまっていたのだった。


「身から出た錆《さび》といえばそれまでなんだけどさ……」

今さらながら俺は自分の部屋のベッドの上であぐらをかくと、天井を見上げながら後悔の念をにじませる。

俺は世間の反応を甘く見ていたふしがあった。

土倉《つちくら》兄弟とのバトル動画が世に出回っても、さほど町でもダンジョンセンターでも顔を指されたりしなかったことが俺の行動を大胆にさせたのだ。

それでもまだ初めの頃は、ダンジョンクリアの報告も人が少ない時間帯を狙ってダンジョンセンターにこっそりと報告しに行って、報酬を受け取る際も誰にも見られないようにしていたのだが、三ヵ月もするとそれも面倒くさくなり、俺は人目も気にせず堂々と、ダンジョンクリアの報告とともに沢山のレアアイテムをダンジョンセンターに持ち込むようになっていた。

おかげで今や俺は、閃光の紅蓮団と肩を並べるほどのプレイヤーとしての知名度を得てしまっている。

「……一応、高ランクダンジョンは避けてたんだけどなぁ～」

高ランクの未踏破ダンジョンクリアを連発するとさすがに騒がれると思ったので、ランクF以上のダンジョンには一切足を踏み入れてはいなかったのだが……それでも俺の考えは充分甘かったようだ。

ちなみに俺のレベルはダンジョンに潜り続けていたことで２４９９１から３８０１６まで上がっている。

「はぁ～……ステータスオープン」

＊＊＊＊＊＊＊＊＊＊＊＊＊＊＊＊＊＊＊＊＊＊＊＊

名前：佐倉真琴《さくらまこと》

レベル：３８０１６
ＨＰ：２３３６２７／２３３６２７　ＭＰ：２０１９９８／２０１９９８
ちから：２１４７４３
みのまもり：１９７７５５
すばやさ：１８００１９
スキル：経験値１０００倍
　：レベルフリー
　：必要経験値１／20
　：魔法耐性（強）

：魔法効果7倍
：状態異常自然回復
：火炎魔法ランク10
：氷結魔法ランク10
：電撃魔法ランク10
：飛翔《ひしょう》魔法ランク9
：転移魔法ランク3

＊＊＊＊＊＊＊＊＊＊＊＊＊＊＊＊＊＊＊＊＊＊＊＊＊＊＊

幸いなことに、俺のレベルが桁外れだということは神代《かみしろ》と磯さん以外には知られてはいない。

神代も磯さんも俺との約束を守り誰にも話してはいないようだし、この秘密だけはなんとしてでも死守しなければ……。

◇◇◇

「おい見ろよ、佐倉だぜ」

「見て見てっ、真琴くんよっ」

「おおーっ、本物初めて見たー」

「思ってたより小さいな」

「佐倉さんこっち向いて〜っ」

ダンジョンセンターに未踏破ダンジョンクリアの報酬を受け取りに訪れた俺を目にして、センター内にいたプレイヤーたちが色めき立つ。

俺はどういう反応をしていいかわからないので、何も聞こえないふりを決め込むとカウンターに近付いていった。

「すいません、佐倉です。連絡を受けたんですけど……」

「はい。お待ちしておりました佐倉様。ランクJの［軽い蔦《つた》のダンジョン］クリアの確認がとれましたのでこちらをお納めください」

カウンターの向こうに立つ女性が三百万円の札束を差し出してくる。

「マジかよっ⁉　またダンジョンクリアしたのかっ⁉」

「すっごーい……」

「三百万だぜ、三百万っ」

「やっぱ仲間に引き入れようぜっ」

聞こえてくる声を無視しつつ、

「あ、どうも」

俺はそれを受け取ると素早く不思議なバッグの中にしまった。

現金手渡しではなくなぜ銀行振り込みにしないのだろう、と毎回思うのだが、なぜかこのシステムは今でも変わってはいない。

プレイヤーたちのやる気を出させるためだなんてことも言われているが、真相は定かではない。

まあ、俺からお金を巻き上げようだなんて奴《やつ》はもういないからどうでもいいのだが。

……唯一これくらいだな、名前が売れてよかったことと言えるのは。

俺はプレイヤーたちの羨望の眼差《まなざ》しを背中に受けながら、ダンジョンセンターをあとにした。

☆　☆　☆

再びダンジョンに行く前に家に一旦お金を置きに戻ろうと歩いていると、
ピリリリリ……。ピリリリリ……。
飾り気のない着信音が電話の着信を知らせてくれる。
「ん……」

俺はポケットからスマホを取り出すと画面を確認した。

そこには［磯美樹《みき》］という文字。

「はい、もしもし」

俺はスマホを耳に当て口を開く。

『あ、もしもし佐倉さんですかっ？　わたし磯ですぅ』

「はい、わかってますよ」

磯さんからは月一くらいで近況報告の電話がかかってくる。

その度にいちいち自分の名前を名乗るので、もしかしたら磯さんは機械音痴なのかもしれない。

……いや、磯さんの性格からすると単にマナーが良《い》いというだけか。

「それで、どうかしましたか？」

『あ、そうなんです。佐倉さん聞いてくださいっ。あのですね、前にダンジョンセンターに預けていたダークマターなんですけど、なんと八千万円で買い取ってもらえることになったんですぅっ』

青い洞のダンジョンのボスのドロップアイテムであるダークマターが八千万円――

「八千万円っ⁉　本当ですかそれっ⁉」

『はいっ。わたしもう嬉《うれ》しくって嬉しくって……お母さんより先に佐倉さんに報告しなきゃと思って電話したんですぅっ』

「そ、それはまた、ありがとうございます。にしても八千万円ですか……」

『えへへ～。これでうちの借金もあと一千万円とちょっとですぅ』

「よかったですね、磯さん」

磯さんのお父さんが残していったという借金一億円も残り十分の一ってところか。

満面の笑みで喜んでいる磯さんの顔が目に浮かぶようだ。

ただ正直なところ、億単位はいくんじゃないかと勝手に思っていた俺からすると、八千万円は足元をみられた感が否めないが、磯さんが納得しているのなら俺が変に口出しすべきでもないのかな。

『じゃあわたしこれからランクGの［深い霧のダンジョン］に行くのでこれで失礼しますね』

「はい。気をつけてくださいね」

『はぁい』

そう言うと磯さんは電話を切った。

「ランクGの深い霧のダンジョンか……」

レベル99で【物理攻撃無効化】と【魔法無効化】を持つ磯さんなら多分一人でも問題ないだろうが、念のためあとでこっちから電話でもしてみるか。

俺は磯さんの無事を願いつつ家へと歩を進めるのだった。

◇◇◇

自宅へ戻ると義母《かあ》さんがちょうど家を出るところだった。

「あれ？　義母さんどこか出かけるの？」

「うん。高校時代のお友達とお昼ご飯を食べに行くの」

「そうなんだ、行ってらっしゃい」

「はい、行ってきます」

義母さんと入れ違いに家に入った俺は、トーストとコーヒー牛乳で軽く昼ご飯を済ましてから自室へと向かう。

実際のレベルこそバレてはいないがすっかり顔と名前が知られてしまった俺のもとには、未踏破ダンジョンクリアの報奨金目当てに、一緒にダンジョン探索しましょうと言ってくる者たちが後を絶たない。

そのため俺は、長居は無用とばかりに買っておいた食料品や衣類などを不思議なバッグに詰めると、早速ダンジョンに行く準備を整えた。


「よし、行くか」

靴を履き玄関のドアに手をかけようとしたその時――

ピンポーン。

チャイムが鳴らされる。

「すいませーん、佐倉真琴くんいますかーっ！」

自信に満ち満ちたような大きな声で俺の名前を呼ぶ。

「もしよかったらおれらとチーム組みませんかーっ！」

俺は嫌な予感がして、リビングに回りレースのカーテン越しに外をそっと覗《のぞ》くと、そこには十代後半から二十代前半の派手な恰好《かっこう》をした若い男女が五、六人集まって、「きゃはは、ウケる～」と談笑していた。

「げっ……」

ああいう奴らは純粋に俺とチームを組みたいというわけではなく、俺の力を当てにしてダンジョンクリアをもくろんでいるに違いない。

俺の偏見が多分に入っているかもしれないがきっとそうなのだ。

もし同じクラスにいたとしても俺は決して交わらないタイプの奴らだ。

「邪魔だなぁ……」

俺は玄関から出ることを諦め、靴を持って裏口へと向かう。

だがそこにも、

「えー、春子《はるこ》ってば、何言ってんのっ」

「もう最悪ー」

玄関にいる連中の仲間だろうか、女子二人が裏口を固めていた。

「おいおいマジかよ……くそっ」

さすがにそれは不法侵入だろ。

小声で愚痴を吐きつつ俺はリビングへと移動する。

「なんで俺が逃げるような真似《まね》しなくちゃいけないんだ……まったく」

靴を持ったままリビングに着いた俺は、

「スキル、転移魔法ランク３っ」

と唱えた。

直後、全身が青い光の球体に包まれたかと思うと――次の瞬間、俺は道路の真ん中に立っていた。

☆　☆　☆

キキィーッ！

急ブレーキによって車のタイヤが悲鳴を上げる。

「何してんだ馬鹿ヤローっ、死にてぇのかっ！」

トラックの運転席から顔を出して怒鳴りつけてくるおじさん。

俺は、

「すみませんでしたっ」

頭を下げながら足早に歩道へと駆け出す。

「気をつけろっ、馬鹿がっ！」

おじさんは興奮おさまらぬ様子で声を降らせると、車を発進させその場から走り去っていった。

「ふぅ～……まいった」

転移魔法は文字通り瞬間的に空間を飛び越え転移できる便利な魔法なのだが、転移先に多少の誤差が生じることがあるので、俺は必要に迫られた時以外はなるべく使わないようにしている。

ちなみにランクが1上がるごとに跳べる距離が一メートル延びるらしく、今の俺の転移魔法はランク3なので三メートル、さらに【魔法効果7倍】のスキルと合わせて最大で二十一メートルのワープが可能というわけだ。

「さて、さっきの連中にみつからないうちにさっさと移動しよ……」

靴を履きながら周囲を見回し人がいないことを確認すると、

「スキル、飛翔魔法ランク９っ」

俺は呪文を唱え、びゅんと空高く舞い上がった。

第十四章　長い砂のダンジョン

飛翔《ひしょう》魔法で上空を高速飛行することおよそ三十分。

俺は東京都の千代田区にあるランクGの未踏破ダンジョン、通称［長い砂のダンジョン］の真上に来ていた。

高層ビルと高層ビルの間にぽっかりと不自然に空いた大きな穴。それが長い砂のダンジョンの入り口だった。

スーツを着た男性たちが歩道を行き交う中、ファンタジー色の強い服装で武器を持った男女二人組がまさに今からダンジョンへと入ろうとしている。

「さてと、俺も行くかな」

俺は人目につかないように近くの高層ビルの屋上に下りると、転移魔法でビル内に入り、階段を伝って一階へと向かい、何食わぬ顔で地上に出る。

ちなみに俺はさっき空から見た男女二人組とは違い、武器も防具も所持してはいないので、普通にしていればそうそう目立つことはない。

「食べ物も着替えも持ったし準備は万端だ」

俺は肩にかけた不思議なバッグに一度視線を移してから、目の前の長い砂のダンジョンへと足を踏み入れるのだった。

☆　☆　☆

ダンジョン内は砂に覆われた洞窟のような空間だった。

地面も壁も一面黄色い砂だらけで、まるで砂漠の中にいるような気さえしてくる。

そのせいでこころなしか少し暑く感じるくらいだ。

ざっざっと砂を踏みしめるように通路を歩いていくと、突き当たりで道が九つに分かれていた。

「どの道に行ったらいいかな……」

こういう時にダンジョン内を見渡せる魔法や、アイテムのある場所を探し当てる魔法を覚えていれば楽なのだが、残念ながら俺はそういった類《たぐ》いの魔法は一切使えない。

「順番に右から行くか」

考えていてもらちが明かないのでとりあえず適当に先に進むことにする。

☆　☆　☆

「げっ……行き止まりかよ」

散々歩いた挙げ句、一番右の通路は魔物もアイテムも見当たらない何もないハズレの道だった。

完全に時間の無駄だったな。

そう思いながらきびすを返してもと来た道を戻っていく。

するとと半分くらい戻ったところで、

『シャアァァァッ！』

突如地面が盛り上がり、砂の中から体長二メートルほどの細身のドラゴンが姿を見せた。

「ステータスオープン」

俺はすかさずステータス画面を開くと横にスクロールして魔物の名前を確認する。

****

サンドドラゴン

****

目の前の魔物の名前はサンドドラゴン。
名前からして特別危険そうな魔物ではないと判断した俺は、地面を蹴るとサンドドラゴンの背後に瞬時に回り込み、手刀で胴体を切断した。
サンドドラゴンが消滅すると、
《佐倉真琴《さくらまこと》のレベルが11上がりました》
機械音声がレベルアップを告げてくる。

「おおっ」

スキル【経験値1000倍】と【必要経験値1／20】のおかげで、確実にレベルの上がり方が今まで以上に早くなっている。

ランクGのダンジョンの地下一階に潜む魔物を一体倒しただけで、俺のレベルは38016から38027へと楽々上がった。

さらにラッキーなことにサンドドラゴンはアイテムをドロップしていった。

「なんだこれ……？」

足元に転がるソフトボールほどの大きさのガラス玉のようなきれいな球体。

俺は初めて見るそのアイテムの名前をステータスボードで確認する。

＊＊＊＊＊＊＊＊＊＊＊＊＊＊＊＊＊＊＊＊＊＊＊＊＊＊＊＊＊＊

ドラゴンの宝珠

＊＊＊＊＊＊＊＊＊＊＊＊＊＊＊＊＊＊＊＊＊＊＊＊＊＊＊＊＊＊

「〈ドラゴンの宝珠〉か……聞いたことないな」

とりあえずそのアイテムを不思議なバッグの中にしまうと、俺は再び歩を進めていった。

◇◇◇

分かれ道に戻ってくると俺は今度は右から二番目の通路を選ぶ。

だがその道に足を一歩踏み入れた途端、足がずぼっと砂にはまり、底なし沼の如《ごと》く足を上げようとしてもそのまま引きずり込まれてしまう。

「うおっ⁉　なんだっ……⁉」

「おっと、そうだ……飛翔魔法ランク９っ」

俺は一旦冷静になると飛翔魔法で飛び上がり、さながら蟻地獄《ありじごく》のような砂のトラップから抜け出た。

「あっぶねー。これが磯《いそ》さんだったら今のトラップにはまって永遠に砂の中、なんてことになってたかもな」

危なっかしい磯さんのことを思い出し、少しだけ気持ちのなごんだ俺は、右から三番目の通路を歩き出す。

☆　☆　☆

しばらく通路に沿って歩いていくと前方に壁が見えた。

また行き止まりか……。

そう思うもよくよく目を凝らして見ると地面に何かが落ちている。

「アイテム……？」

俺は注視しながらゆっくりとそれに近付いていった。

そして手の届く距離まで来たところで、

「これ……ナスか？」

地面に落ちていたものが野菜のナスだったことに気付く。

それを持ち上げいろんな角度から確かめるが、やはりどう見てもただのナスだ。

「なんでこんなところにナスが落ちてるんだ……？」

俺は一応アイテムの可能性もまだ捨てきれないと思い、一縷《いちる》の望みを託してステータス画面を表示させた。

するとアイテム欄ではなく魔物の欄に、

＊＊＊＊＊＊＊＊＊＊＊＊＊＊＊＊＊＊＊＊＊＊＊＊＊＊＊＊＊＊

ナスビモドキ

＊＊＊＊＊＊＊＊＊＊＊＊＊＊＊＊＊＊＊＊＊＊＊＊＊＊＊＊＊＊

と名前が浮かび上がる。

「えっ、こいつ魔物っ⁉」

思わず声を上げたその時だった。

ナスビモドキのヘタの部分にあったトゲがひゅんと伸びて俺の指に刺さった。

「いてっ！」

一瞬だけちくっと痛みが走った次の瞬間、俺は、

「あ、あれぇ……？」

急に意識がもうろうとし出して、体から力が抜けると、どさっと地面に倒れ込む。

……体中がしびれて全然力が入らない。

手足を動かすどころかまぶたを開くことさえままならない。

呼吸も段々と浅くなってき、た……。

◇◇◇

「おい、大丈夫かいっ？　おいきみ、起きてくれっ」

「ね、ねえ英司《えいじ》、その子まさか死んでないわよね？」

「大丈夫、息はしてるっ。きっとこのナスビモドキにやられて麻痺《まひ》しているんだ。弘子《ひろこ》、早く〈万能薬〉を彼にっ」

「う、うん、わかったわ」

俺は目を開けると手を前に出しながら、

「……だ、大丈夫です」

と口を開く。

「うおっ！　き、きみ、動けるのかっ⁉」

「きゃっ、びっくりしたぁっ」

目の前の若い男性と女性が俺を見て驚きの声を上げた。

「……すみません、驚かせて。俺はもう大丈夫ですから」

ゆっくりと起き上がると平気だということをアピールしてみせる。

「きみ、麻痺していたんじゃないのかいっ？」

「していたみたいですけど、もう治ったようです」

「治った？　きみは一体……？」

「麻痺してたのに、動けるの……？」

ゲームの世界から抜け出てきたような恰好《かっこう》をした男性と女性は眉をひそめて訊《き》いてきた。

というかこの人たち……身なりはどこからどう見ても完全にプレイヤーだが、反応からして俺のことはどうやら知らないらしいな。

「えっと俺は、状態異常を自然回復するスキルを身につけているので、麻痺しても大丈夫なんです」

完全に治るまでに多少時間は要するが。

「状態異常を自然回復……？　そ、そうか、そんなスキルがあったのか。それはよかった」

「ええ、ほんとに」

女性は万能薬を手にしながら言う。

俺のことを心配してどんな状態異常も治せるというアイテム、万能薬を飲ませようとしてくれていたようだ。

「おれたちの助けは必要なかったみたいだね」

「わたしたち余計なお世話を焼いちゃったかしらね」

「そんなことないですよ、ありがとうございました」

足元を見るとさっき俺をトゲで刺したナスビモドキという魔物がぴくぴくと痙攣《けいれん》し、そして消滅していくところだった。

「ナスビモドキ、倒してくれたんですね」

「うん、まあね。ナスビモドキは相手を麻痺させるトゲは厄介だけど、強さ自体は大したことないからね」

と男性。

続けて女性が身を乗り出し訊いてくる。

「きみ、このダンジョンは初めてなんでしょ？」

「はい、初めて入りました」

ナスビモドキも初めて出遭った魔物だ。

「だったら仕方ないかもね。おれたちだって初めてナスビモドキを見た時はアイテムかと思ってトゲにやられたから。その時も二人でいたからなんとかなったけどさ」

「そうですか……あ、俺は佐倉真琴です。すみません、名乗るのが遅れて」

「いやいや、こっちこそ。おれは大塚《おおつか》英司。それでこっちが――」

「妻の大塚弘子よ。よろしくね佐倉くん」

男性の言葉を遮って大塚弘子と名乗った女性が手を差し出してきた。

俺は弘子さんの手を握ると、

「お二人ってご夫婦だったんですね」

旦那さんである英司さんとも握手を交わす。

「ん、夫婦に見えないかい？」

「あっ、いえ、そういうわけでは全然なくてお二人とも若く見えるのでっ……」

気分を害したのかと思い慌てて否定するも、

「わたしたち学生結婚だからね～。ね、英司？」

「ああ。まだおれたち結婚して半年なんだよ」

弘子さんも英司さんも怒った様子などなく、むしろお揃《そろ》いのペアリングを見せ、軽くのろけ出した。

「へー、新婚さんなんですね」

おめでとうございますくらい言ったほうがいいのかな、とも思ったが社会経験が不足している俺はそういったことを言い慣れていないので、ちょっと気恥ずかしくなり結局言わなかった。

◇◇◇

よくよく聞くと、大塚夫妻は幼稚園の頃からの幼なじみで現在二人とも大学三年生だという。

結婚式をまだあげていないのでその費用の足しにするため、二人で一緒にダンジョン探索を始めたのだそうだが、最近ではダンジョン探索にすっかりはまってしまい、目的と手段が逆転しているらしい。

俺がこの長い砂のダンジョンに入る前に空から見かけた男女の二人組は大塚夫妻だったようで、夫妻は数週間かけてこのダンジョンにすでに何十回も潜っているとのことだった。

そして時間をかけて少しずつではあるが地下へと進んでいるのだとか。

ちなみにこれまでの最高記録は地下二十八階で、レベルはそれぞれ英司さんが81、弘子さんが75だという。

「いやあ、初めてこのダンジョンに入った時はサンドドラゴンに殺されるかと思ったよ」

そう話すのは旦那さんの英司さんだ。

英司さんは軽装備の鎧《よろい》を着て、右手には大きな剣を持ち、左腕には小型の盾を装備している。

そして背中には赤いマントと大きなリュックサック。

寝ぐせのついた髪もそのままに、少しなよっとした印象はあるものの、穏やかで優しそうな男性だ。

「あの時わたしがいなかったら間違いなく英司はもうこの世にはいなかったでしょうね」

と奥さんの弘子さんが英司さんの言葉を受けて口を開く。

弘子さんは魔法使い然とした緑色のローブを身に纏《まと》い、やはり魔法使いが持っていそうな杖《つえ》を握りしめている。

頭にはとんがり帽子、腰には小さめのポシェット、英司さんとは対照的に芯が強そうな感じだが、それでいて英司さんと同じくとても優しそうな女性だ。

「今回は地下三十階まで行こうって話していたところなんだよ」

「もしかしたらそこが最深階かもしれないしね」

二人とも俺のことはまったく知らないようで、

「そうだ佐倉くん。よかったらおれたちと一緒に行動するかい？　このダンジョンは一人では厳しいよ」

「そうよ、それがいいわ。佐倉くんを一人にするのはなんか危なっかしいもの」

俺を子ども扱いして一緒にダンジョン探索するかと提案してきた。

「えっ、いや、俺なら一人で大丈夫ですよ」

本心からそう言うが、

「駄目よ。それで佐倉くんに何かあったら寝覚めが悪いもん」

「そうだよ。遠慮なんかしないでおれたちを頼ってくれていいんだからね」

ナスビモドキ程度の魔物にやられた俺がよほど頼りなく見えているのか、弘子さんも英司さんも俺を解放する気はないらしい。

ただこの反応、新鮮だ。

自業自得なのだが最近は顔と名前が売れてしまったせいで、プレイヤーたちからその実力を当てにされ追いかけまわされることが多かったので、守ってくれるという申し出は実に心地がいい。

感じの良さそうな人たちだし、さっき助けてくれようとしたお礼もまだ出来ていないから、ちょっとこの二人と一緒に行動してみるか。

そう決めると、

「えっと、じゃあしばらくお二人についていってもいいですか？」

「うん、もちろんいいよ」

「あらためてよろしくね、佐倉くん」

俺は英司さんと弘子さんとともに三人で長い砂のダンジョンに挑むことにしたのだった。

◇◇◇

俺たちは九つに分かれた道の真ん中の通路をしばらく歩いていたが、急に英司さんと弘子さんが立ち止まる。

そして、

「スキル、探知魔法ランク５っ」

杖を振りかざすと弘子さんが目を閉じ唱えた。

「弘子、どんな感じ？」

「ちょっと待って……えーっとそうね～、この先二十メートルくらいのところを右に曲がるとアイテムがあるわ」

「おおっ、まだとってないアイテムがあったのか」

英司さんと弘子さんが言葉を交わす。

「でもその周りに魔物が三体いるみたい」

「三体か……それは厄介だな」

俺は探知魔法についてはあまり知らないので、

「あの～、探知魔法ってアイテムも魔物もみつけられるんですか？」

訊《たず》ねてみた。

「うん、そうだよ」

英司さんが返すと、

「でもわたしの探知魔法のランクは5だからあんまり遠くまでは見通せないけどね」

弘子さんも続けて言う。

「それにどんなアイテムかとかどんな魔物かまでは見えないし」

「へー。でも充分じゃないですか。俺はそういった魔法はまったく使えないのでうらやましいですよ」

俺にも探知魔法があればもっと効率よくダンジョンを探索できるはずだ。

☆　☆　☆

弘子さんの言う通り、通路の突き当たりを右に曲がると、きらびやかな装飾品のついた王冠のようなアイテムが地面に落ちていた。

そしてその周りには二体の魔物がアイテムを守るように取り囲んでいる。

一体はサンドドラゴンでもう一体はハチが巨大化したような魔物、キラービーだった。

「本当だ。魔物とアイテムですよっ」

「でしょう」

弘子さんが自慢げに口角を上げると、

「でもおかしいな。魔物は三体いるって言ってたのに二体しかいないや」

英司さんが不思議そうにつぶやく。

「あれ～？　おかしいわね。さっき見た時はたしかに三体いたはずなんだけど……」

「まあいいや。とりあえず毒を持っているキラービーから倒そう」

「そうね。佐倉くんは危ないからそこで待っててね」

言うと英司さんと弘子さんが魔物たちに近付いていった。

『シャアァァァッ！』

『ジジジジッ！』

アイテムを奪われるとでも思ったのか、二人の接近に気付いたサンドドラゴンとキラービーが威嚇してくる。

「これ以上近付くと二体同時に襲ってきそうだから、弘子、攻撃魔法を頼むよっ」

「了解っ」

弘子さんは杖をキラービーに向けると、

「スキル、発破魔法ランク５っ！」

声を張り上げた。

その瞬間、弘子さんの持つ杖からバスケットボール大の黄色い光球が発射され、キラービーに当たるとドォーンと爆発した。

爆風により砂が舞い上がる。

やったか？

そう思った時だった。

『ジジジッ！』

砂煙の中からキラービーが飛び出してきて、お尻の針で弘子さんを刺そうとした。

ザシュッ。

だがこれを英司さんが持っていた剣で一刀両断、地面に斬り伏せた。

真っ二つになったキラービーに英司さんが剣を向ける。

すると英司さんの持っていた剣が、今にも消滅しようとしているキラービーから青い光を吸収した。

まるで残っていた生命力をすべて吸い尽くすかのように……。

何をしているんだろう？

眉をひそめる俺の顔を見て英司さんが声をかけてくる。

「おれのこの武器は〈ライフドレイン〉っていってね、倒した魔物から生命力を吸収するんだよ。それによっておれの最大ＨＰがほんの少しだけ増えるってわけさ」

「へー、すごい武器ですね」

初めて見た。

「まあ最大ＨＰが増えるっていってもあくまで倒した魔物からしか奪えないから微々たるもんなんだけどね」

「ちなみにわたしが持っているこの杖は〈魔道士の杖〉。魔法の威力を少しだけ高めてくれるアイテムなの」

英司さんと弘子さんはそれぞれの持つ武器を俺に見せながら説明してくれた。

その後、威嚇を続けていたサンドドラゴンも弘子さんが発破魔法で弱らせ、英司さんがこれを斬り倒す。

さすが夫婦。二人の息はさながら阿吽《あうん》の呼吸のごとくぴったりと合っていた。

◇◇◇

王冠のようなアイテムを守る魔物がいなくなり、英司さんがそれに近寄っていく。

そして地面に置かれているそれを拾おうとしたところで、

「ぐあぁっ⁉」

英司さんが突然後ろにはじき飛ばされ倒れた。

「英司っ⁉」

「英司さんっ」

「……だ、大丈夫だよ」

俺たちの呼びかけにすぐ立ち上がる英司さんだったが、

「今何が起こったの？」

「いや、よくわからない。何かにお腹《なか》を蹴飛ばされたような感覚だったけど……」

当の本人にも何が起こったのかよくわからないようだった。

もしかしてあのアイテムの周りにバリアのようなものが張られているのだろうか？

そう思い俺が近付こうとすると、

「佐倉くんは待ってて、今度はわたしが行ってみるから」

弘子さんに制されてしまう。

一歩、二歩、三歩と足を進ませアイテムに手が届きそうな距離まで近付いた。

まさにその時、

「きゃっ⁉」

弘子さんが何かにぶつかったような動きをしてよろよろと右側に倒れた。

「弘子っ⁉」

「弘子さんっ！」

「……な、なんかよくわからないけど左側から攻撃されたわ」

左腕を押さえつつ、服についた砂を払い落としながら立ち上がる弘子さん。

「攻撃？」

「ええ。力が弱い魔物みたいな、でもそれでいて……」

ざっ。

⁉

「ちょ、ちょっと弘子さん静かにしてもらえますか」

「えっ何？　どうかしたの？」

「佐倉くん、どうしたんだい？」

「英司さんも静かに。二人ともよく耳を澄ましてください」

「耳を……？」

　ざっ。

　ざっ。

　砂を踏みしめる音が聞こえてくる。

「この音は……どういうことだい佐倉くん？」

「おそらくですけど、弘子さんが初めに言ったようにやっぱり魔物は最初から三体いたんじゃないですかね」

「……でもどこにも見当たらないわよ」

　たしかに周りを見回しても弘子さんの言うように魔物の姿は見えない。

「はい。なのでこの魔物は透明なんじゃないかと思うんです」

「「透明っ!?」」

　二人が声を合わせる。

「俺の知り合いに透明になれるスキルを持った奴《やつ》がいるんです。そういうスキルがある以上透明な魔物がいてもおかしくありませんよ」

「そうね……それならわたしがさっき殴られた感触がしたのも納得がいくわ」

「でも見えない魔物なんてどうやって倒したらいいんだ……？」

「それなら簡単よ」

そう言うと弘子さんは目を閉じた。

「スキル、探知魔法ランク５っ」

唱えた弘子さんが「英司、今あなたの左後ろにいるわっ」と指示を出す。

「お、おうっ」

「あ、逃げたわっ、そこから前に三歩のところを攻撃してっ」

「わかったっ、ここかっ」

ザシュッ。

英司さんが宙を斬りつけると何もないところから血が噴き出した。

そして魔物の姿があらわになる。

地面に倒れてぴくぴくと虫の息でいる小柄な人型の魔物を、ステータス画面を表示させて確認すると、

****

インビジブルマン

****

名前はインビジブルマンだということがわかった。

「こんな魔物がこのダンジョンにいたなんて……何度も潜っていたのに今初めて気付いたよ」

「そうね。佐倉くんがいなかったら気付かなかったかも。ありがとう佐倉くん」

「いえ別に。それよりそのアイテム拾いましょうよ」

「そうだね」

英司さんがアイテムに手を伸ばしこれを拾い上げた。

ステータスボードで確認する。

＊＊＊＊＊＊＊＊＊＊＊＊＊＊＊＊＊＊＊＊＊＊＊＊＊＊＊＊＊＊＊＊

聖者の王冠

＊＊＊＊＊＊＊＊＊＊＊＊＊＊＊＊＊＊＊＊＊＊＊＊＊＊＊＊＊＊＊＊

「〈聖者の王冠〉か……呪われてはいなそうだし佐倉くん、かぶるかい？」

「あ、いえ俺はいいですっ」

そのアイテムを守っていた魔物たちを倒したのは二人だし、そもそも俺は自慢ではなく装備品などなくても充分強い。

むしろ下手な武器や防具なら逆に邪魔になるだけだろう。

「弘子、かぶる？」

「わたしは〈魔法の帽子〉があるからいいわよ。英司がかぶればいいじゃない」

「いいの？　だったらおれが貰《もら》っちゃうけど」

そう言って英司さんは聖者の王冠をかぶった。

英司さんの細身な体格には、大きくて立派な聖者の王冠はやや不釣り合いな気がしたが、それでも俺は「すごく似合ってますよ」と言っておいた。

◇◇◇

九つに分かれた道に戻ると、

「これ実は、下の階への階段があるのは左から二番目の道なんだよ」

と英司さんが教えてくれる。

伊達《だて》に何十回と潜ってはいないな。

俺は英司さんと弘子さんのあとに続いて、左から二番目の通路を先へ先へと進んでいった。

途中キラービーやサンドドラゴンが襲い来るが、それらを英司さんと弘子さんの二人は見事な連係プレーで倒していく。

二人は俺のことをかなり過小評価しているようで、「サンドドラゴンは佐倉くんには荷が重いから下がってて」とか、「わたしたちの後ろに隠れててね、大丈夫だからっ」とか言ってくる。

顔と名前が世間に広く知られてしまった今となってはこの状況は珍しい。

……だが不思議と嫌な気はしない。

☆　☆　☆

しばらく歩いていると英司さんの言った通り階段が目に入ってきた。

「さあ、この下が地下二階だよ。準備はいいかい？」

英司さんが俺を見やる。

「はい、大丈夫です」

俺はさっきからずっと大丈夫なのだが。

「よし、じゃあ行こうか」

「ええ、行きましょ」

「はい」

これまで通り俺は二人のあとについて階段を下りていく。

後ろから襲われる可能性も考えて、弘子さんはしんがりを務めると申し出てくれたのだが、それでは二人の連係が取りにくくなってしまうということでその考えは諦め、弘子さんは現在俺の前を歩いている。

弘子さんたちの背中を眺めつつ、俺はつくづくいい人たちに出会えたなと感じていた。

☆　☆　☆

長い砂のダンジョン地下二階。

弘子さんの探知魔法で魔物の位置を把握しながら通路を進む。

前方に複数体の魔物がいる時はその道を避けて、単体でいる魔物を狙ってこれを倒し、二人はレベルを上げていく。

弘子さんが発破魔法で魔物を弱らせ英司さんがとどめを刺したかと思えば、今度は英司さんが剣で魔物に斬りかかりそのとどめを弘子さんが刺す。

そういった具合に二人はうまく魔物を倒していった。

その間俺はというと、まるでお姫様のように大事に扱われ、戦闘に参加することは一切なかった。

☆　☆　☆

俺は英司さんと弘子さんに守られながら長い砂のダンジョン地下三階、四階、五階と危なげなく下りていき六階に下り立ったところで、

「少し休憩しようか？」

英司さんの計らいで少し休むことにした。

俺はここまでの労をねぎらう気持ちと感謝の気持ちを込めて、缶コーヒーを二人に差し出す。

「これ、よかったらどうぞ」

「ああ、ありがとう」

「ありがとう、佐倉くん。気が利くわね～」

以前は神代《かみしろ》の真似《まね》をして、パーコレーターを使い本格的なコーヒーを淹《い》れて飲んでいた俺だったが、段々面倒くさくなってきたので最近は缶コーヒーで済ませていた。

それでも二人は喜んでくれたようなので何よりだ。

缶コーヒーに口をつけながら英司さんが、

「そうだ佐倉くん。もし仮眠したかったら寝袋があるからね」

話しかけてきた。

さっきまで背負っていたリュックサックを指差す。

「その中に入ってるから使っていいよ」

「あ、ありがとうございます。でも寝袋なら俺も持ってるんで大丈夫です」

「ん？　寝袋なんてどこに持ってるんだい？」

英司さんは俺が大きな荷物を持っていないことを不思議がって訊いてきた。

「実はこれなんですけど……」

俺は肩にかけていた黒い小さなワンショルダーバッグを外すと、二人に見せながら説明する。

「不思議なバッグっていって中にいくらでも物がしまえるんですよ。だから寝袋だって、ほらっ」

と言いながら、俺は不思議なバッグの中からにゅうっと寝袋を引っ張り出してみせた。

「おおっ。なんだそれっ、すごいね」

「へ～、便利なアイテム持っているわね。それもダンジョンでみつけたの？」

「そうですね。ボスのドロップアイテムです」

アダマンタイトという魔物が落としていったものだ。

「ボスって佐倉くんが倒したのかい？」

「はい、まあ」

「へ～、佐倉くんもやるじゃない」

「ありがとうございます」

多分二人とも低ランクのダンジョンだと思っているのだろうが。

このあとコーヒーを飲み終えた俺たちは、仮眠をとることもなくすぐにダンジョン探索を再開した。

◇◇◇

長い砂のダンジョン地下十三階。

「スキル、発破魔法ランク５っ！」

「はあっ！」

弘子さんと英司さんが二人で協力して、ゴブリンより二回りほど大きなマスターゴブリンを打ち倒す。

俺は相変わらずそれをふたりの後ろで見守るだけ。

さすがにそれでは気が引けるので、消滅していくマスターゴブリンをみつめながら、

「今度魔物が出てきたら俺も戦いましょうか？」

訊いてみるが、

「まだ佐倉くんにはちょっと荷が重いんじゃないかな」

英司さんはやんわりと否定した。

「そういえば佐倉くんてレベルいくつなの？　訊いてなかったわよね」

「えーっと、レベルですか？」

うーん……なんて答えようか。

本当は３８０２７だけど正直に言うわけにはいかないし、となるとやっぱりここは……。

「俺のレベルは……99ですけど」

最高値である99と答えておく。

「えっ⁉　レベル99っ⁉」

「うっそーっ⁉」

自分たちのレベルよりも俺のレベルが高いことが信じられないといった顔をする二人。

「本当ですよ。だから俺も少しは魔物退治に協力させてください」

「し、信じられないなぁ」

「そうよ。レベル99のプレイヤーがナスビモドキに簡単にやられちゃうとは思えないわ」

それは油断していただけなんですよ、弘子さん。

「ねえじゃあ、佐倉くんのステータスボード見せてくれる？　そうしたら信じるわ」

「え……ステータスボードですか」

それを見せたらすべてを知られることになってしまうので元も子もない。

「いや、それはちょっと……」

俺が難色を示すと英司さんと弘子さんはお互いに目配せをして優しく微笑《ほほえ》んだ。

そして、

「ふふっ。強がらなくていいのよ佐倉くん。レベルが低くても別に恥ずかしいことじゃないんだから」

「そうだよ。誰だって初めは弱いんだから徐々に強くなっていけばいいんだよ」

二人は訳知り顔で俺の肩に手を置く。

どうやらレベルが低いのを隠すために、俺がステータスボードを見せまいとしているのだと誤解したようだった。

「いえ、そうじゃなくて、俺だって魔物と戦えるんです」

「その気持ちだけありがたく受け取っておくよ。ありがとう佐倉くん」

「そうそう。だから魔物との戦闘はわたしたちに任せて。アイテムはあとでちゃんと三等分するから安心してね」

「いや、だから……」

「さっ、先を急ぎましょう」


……まいった。

ステータスボードを見せないという行為が裏目に出て、俺は二人からレベルが低いことにコンプレックスを抱えたシャイボーイだと勘違いされてしまったらしい。

◇◇◇

長い砂のダンジョン地下十九階にて。

「ふぅ〜。さすがに疲れたわね」

弘子さんが額の汗を拭いつぶやく。

足元には、マスターゴブリンの群れがドロップしていったアイテムが三つほど散らばっていた。

「そうだね。じゃあ今日はここで休むとしようか」

「ええ。そうしましょ」

英司さんと弘子さんは上薬草と爆弾石を拾いながら言う。

「佐倉くんもそれでいいかい？」

「あ、はい」

俺も足元に転がっていた魔石を拾って英司さんに手渡した。

丸一日かかって地下十九階まで来た俺たちは、順番に仮眠をとるためシートを地面に敷くと寝袋を用意する。

「最初は佐倉くんと弘子が寝ていいよ。おれが見張りをするから」

「いつも悪いわね、英司」

「いいんですか？」

「うん。遠慮しないでどうぞ」

英司さんの言葉に甘えて俺と弘子さんはそれぞれの寝袋に潜り込んだ。

☆　☆　☆

四時間後、眠りから覚めた俺と弘子さんに代わって英司さんが寝袋に入る。

今度は俺と弘子さんが二人で見張りをする番だ。

すぅ〜、すぅ〜、と静かな寝息をかく英司さんを横目に弘子さんが、

「佐倉くん。これあげるわ」

ポシェットから取り出した万能薬を俺に差し出してくる。

「え……でも俺、状態異常は放っておけばそのうち治るんで別にいいですよ」

【状態異常自然回復】というスキルがあるため、どんな状態異常も治すことの出来る万能薬は俺には必要ないのだが。

「駄目よ。もし毒とか麻痺で動けない時に魔物に襲われたらどうするのっ。死んじゃうわよ」

「は、はあ……」

「だからこれ取っておいて。ね？」

弘子さんは半ば強引に万能薬を俺の手に握らせる。

ちなみに万能薬はポーションやハイポーションと同じような容器に入った液体だ。

「あー、ありがとうございます」

いらないんだけどなぁと思いつつも、せっかくの厚意を無下にはできないので一応お礼を言うと、ありがたくそれを不思議なバッグの中にしまった。

「あっ、じゃあ代わりといってはなんですけど弘子さんにはこれをあげますよ」

そう言って俺は不思議なバッグの中からガラス玉のような球体を取り出して渡す。

「わぁっ、すごくきれいね。でもこれなぁに？　初めて見たわ」

「ドラゴンの宝珠です」

「ドラゴンの宝珠？」

「はい。といってもどんな効果があるのか俺も知らないんですけどね」

サンドドラゴンを倒したらたまたまドロップしたアイテムだ。

俺は識別魔法を使えないので使用方法などはまるでわからない。

「貰っていいの？」

「はいどうぞ」

「じゃあ遠慮なく貰うわね。ありがと佐倉くんっ」

使い道の分からないアイテムを押しつけたような形になってしまったが、弘子さんは喜んでくれているようなのでよしとしよう。

このあとしばらくして目が覚めた英司さんとともに三人で食事をとった俺たちは、再び地下深くへと歩を進めるのだった。

◇◇◇

さすがに何度も潜っているというだけのことはある。英司さんと弘子さんは長い砂のダンジョン内を一切迷うことなく下へ下へと進んでいく。

それに伴い魔物も強くなっていっているようだったが、未《いま》だに俺は戦闘においては蚊帳の外だった。

「スキル、発破魔法ランク5っ！」

弘子さんがお得意の発破魔法で遠距離から魔物を攻撃し弱らせると、

「スキル、パラメータ倍化っ！」

スキルによって強化された英司さんがこれを斬り捨て葬り去る。

二人は連係の取れた攻撃によって、襲い来る魔物を一体ずつ確実に倒していった。

そしてダンジョンに潜って三日が経《た》とうとした頃、俺たちは長い砂のダンジョンの地下二十八階にまで下りてきていたのだった。

「さあて、いよいよ次は地下二十九階だよ。気を引き締めていこうか」

「そうね。油断大敵ね」

地下二十九階への階段を前にして英司さんと弘子さんが言葉を交わす。

二人はこれまで地下二十八階までしか来たことがないらしく、ここからは二人にとっても未知の領域なのだそうだ。

「佐倉くんもいいわね？　魔物が襲ってきても絶対に一人で戦おうなんてしないで、まずは逃げることを第一に考えてね」

「はあ……わかりました」

弘子さんは相変わらず俺のことを過小評価しまくっている。

おかげで俺は未だみそっかす状態だった。

「よし、じゃあ行くよ」

「ええ」

「はい」

俺たちは英司さんを先頭に階段を下りていく。

☆　☆　☆

「ちょ、ちょっと、何これっ……!?」

「おいおい、嘘《うそ》だろ……」

弘子さんと英司さんは地下二十九階に下り立つなり声を落とした。

二人が目を見張るのも無理はない。

俺たちが下り立った空間には数十という数の魔物がいたからだ。

「この魔物たち、みんな寝てるの……?」

「そ、そうみたいだね」

声を殺しながら二人は顔を見合わせる。

理由はわからないが二人の言う通り魔物たちはみんな眠りこけていた。

「ど、どうする弘子?」

「どうするってここを通らないと先に進めないし、行くしかないでしょ」

「そ、そうだね……じゃ、じゃあ物音を立てないように行こう。佐倉くんもついてきて」

「はい」

俺たちはぐっすりと寝入っているお化けコウモリや回復ウサギ、駆動騎士《くどうきし》や鬼面道士《きめんどうし》、アダマンタイトらの横をすり抜けるようにして、ゆっくりと部屋の出口へと向かっていく。

☆　☆　☆

出口まであと一歩というところまで来た時だった。

ざざっ!

先頭を歩く英司さんの砂を踏みしめる音が強く響いた。

すると横にいた回復ウサギの耳がぴくっと動く。

そしてそのまま目覚めてしまった回復ウサギが、

『キュイイィィー!』

ほかの魔物たちに知らせるかのように鳴き声を上げた。

その直後、むくりと起き上がる魔物たち。

『『『ギャアギャアッ!』』』

『『『キュイイィ!』』』

『『『ブーン……！』』』

『『『グェッグェッグェッ……！』』』

『『『ウオオォォォーン！』』』

・・・

俺たちに気付いた魔物の大群は、間を置かず一斉に襲い掛かってきた。

◇◇◇

「に、逃げろぉーっ！」

魔物の大群に一斉に向かってこられた俺たちは、英司さんの発した声を合図に部屋から駆け出す。

砂に足をとられ上手《うま》く走れない中、それでも英司さんを先頭に二番目が俺、最後に弘子さんの順で部屋を出た。

通路は部屋よりだいぶ狭いので魔物たちは一体ずつしか追っては来れない。

弘子さんは後ろを振り向くと、すぐさま「スキル、発破魔法ランク５っ！」と唱えた。

先頭を切って追ってきていた下半身がタイヤで出来た駆動騎士に、発破魔法が炸裂《さくれつ》する。

だがしかし、機械仕掛けの駆動騎士はひるまない。

そこで弘子さんは機転を利かせて今度は天井めがけ、

「スキル、発破魔法ランク5っ！」

魔法を放った。

天井が崩落して、ドドドドッと流れ落ちてきた大量の砂の下敷きになる駆動騎士。

それと同時に通路が塞がれ後ろにいた魔物たちを閉じ込めた。

「やったわっ」

「ナイス、弘子っ」

『グェッグェッグェッ……』

ほっとしたのも束《つか》の間《ま》、杖を持った二頭身の魔物である鬼面道士が前から姿を見せる。

「くっ、このっ……」

英司さんが剣で斬りかかるが、

『グェッグェッグェッ……』

鬼面道士はにやりと薄気味悪い笑みを浮かべ杖の先端を光らせた。

するとその直後、英司さんは突如として目の前からパッと消えたのだった。

「「えっ⁉」」

俺と弘子さんはそれを見て呆気《あっけ》にとられる。

と、

『グェッグェッグェッ……』

さらに鬼面道士の持っていた杖の先端がまた光ったその時だった。

体が一瞬軽くなったかと思うと次の瞬間、気付けば俺は見覚えのない小さな空間に突っ立っていた。

☆　☆　☆

「相手をワープさせる、みたいな魔法か……？」

鬼面道士に何かされたのは間違いない。

状況から察するに、俺は魔法によってフロア内の別の場所に飛ばされたようだった。

「……ってことはみんなバラバラか。まずいな」

英司さんも弘子さんもこのダンジョンには慣れているが、地下二十九階まで来たのは今回が初めてのようだし、二人はお互いが二人揃っていてこそ連係して実力を発揮できるのだ。バラバラにされると具合が悪い。

『ブーン……！』

通路の先から駆動騎士がタイヤで地面の砂を巻き上げながら向かってくる。

「邪魔だっ」

俺は目の前まで来た駆動騎士の腹を蹴り飛ばすと、これを上半身と下半身の半分に砕き割った。

地面にドサドサッと落ちた機械仕掛けの半身を見ることもなく、俺は英司さんと弘子さんを捜すべく歩き出す。

だがその時、

『ブーン……！』

倒したはずの駆動騎士の上半身が俺の足にがしっとしがみついた。

「ん？」

そして、

ドカァァーン！！！

あろうことか自爆したのだった。

◇◇◇

駆動騎士の自爆攻撃をくらった俺だったが、やはりというか案の定というかノーダメージだった。

しかし、体中砂まみれになってしまい口や目の中にも砂が入ってしまう。

「ぷはっ……ぷっ、ぷっ。まさか自爆するとはな」

俺たち三人は鬼面道士によって別々の場所に飛ばされてしまっている。

「それより早く二人をみつけないと」

英司さんと弘子さんは二人ともレベル80前後となかなか強いのだが、このフロアで一人にしておくのは危険な気がする。

それに優しい二人のことだから、きっと今頃俺のことを心配して捜してくれているに違いない。

少しでも早く合流しないとそんな二人にも申し訳ない。

俺はとりあえず顔についた砂を払い落とすと、二人を捜すべく部屋を出た。

☆　☆　☆

魔物を蹴散らしながらしばらくフロア内をさまよっていると、

「英司、こっちよ！　早くっ！」

「おれのことはいいから先に逃げろっ！」

二人の声が聞こえてきた。

俺は声のした方へと向かっていく。

すると、

「あっ、いた」

通路の前方に二人の姿が確認できた。

そしてその後ろの大部屋にはアダマンタイトの姿も見える。

体が大きすぎて部屋からは出られないようだが。

「英司さーん、弘子さーん」

呼びながら二人のもとへ近寄っていく俺。

「おおっ、佐倉くん！　無事だったのかい、よかったよ」

「ほんと、心配したんだからねっ」

「どうも」

俺のことを弱いと思っている二人は、心の底から心配してくれているようだった。

「いやあ、それにしても今のアダマンタイトって魔物。硬いのなんのって……倒そうとしたんだけど全然歯が立たなかったよ」

英司さんが後ろを指差して言う。

アダマンタイトとは巨大な亀のような魔物だ。

以前ランクQのダンジョンのフロアボスとして出たそいつを倒した経験があるが、正直言って俺にとっては大した相手ではなかった。

「佐倉くんがあの魔物に襲われてたら絶対にアウトだったわよ。ラッキーだったわね」

「そ、そうですね。ありがとうございます」

英司さんも弘子さんも、俺が以前倒したフロアボスというのがアダマンタイトだとは知らない。

「それと駆動騎士って魔物もね。さっきわたしと英司の二人でなんとか倒したんだけどかなり強かったわ」

そう言って弘子さんは後ろの部屋の入り口付近を振り返った。

つられて俺もその方向を見るとアダマンタイトの右下に駆動騎士が横たわっている。

あれ？　まだ消滅していない……。

そう思った次の瞬間だった。

倒れていた駆動騎士がボンッと地面をバウンドするかのように飛び上がると、弘子さんに抱きついた。

「「「っ⁉」」」

そして――

ドカァァーン！！！

駆動騎士は弘子さんを道連れに自爆した。

◇◇◇

駆動騎士の自爆によって巻き起こった砂まじりの爆風が、ビュオオォォーと辺りを覆う。

「弘子っ！　弘子っ‼」

「弘子さんっ！」

荒れ狂う砂嵐の中、英司さんと俺は弘子さんの無事を祈り大声で叫び続けた。

――しばらくして視界が開けてくると、ぱらぱらと砂が舞い散る下で、弘子さんはボロ雑巾のようになりながら砂に埋もれていた。

「弘子っ‼」

英司さんが倒れている弘子さんのもとに駆け寄り抱き起こす。

「弘子っ‼　弘子っ‼」

揺り動かすが弘子さんはぴくりともしない。

「弘子っ‼　弘子っ‼　……弘子ぉぉーっ！！！」

泣き崩れる英司さんを見て俺は弘子さんの死を悟った。

まさか、こんな簡単に人が死ぬなんて……。

俺は弘子さんの亡骸《なきがら》をぎゅっと強く抱きしめる英司さんにかける言葉がみつからず、ただその場に立ち尽くしていた。

☆　☆　☆

どれくらいの時間そうしていただろう。

一分か、それとも五分か。

はたまた十分なのか。

もしかしたら実際は十秒くらいだったかもしれない……。

……俺にはどうすることも出来ない。

そんな無力感にさいなまれていると、英司さんの頬を伝った涙が弘子さんの顔にぽたっと落ちた。

その時、弘子さんの破れたポシェットの中からガラス玉がゴロンと落ちて転がった。

……ドラゴンの宝珠。俺が弘子さんにあげたアイテムだった。

すると、どういうわけかドラゴンの宝珠が突然光を放ち出した。

⁉

何事かと英司さんは泣き顔を俺に向ける。

だが、俺にも何がなんだかわからない。

光はさらに強くなる。俺と英司さんは自然とその現象に目を奪われた。

とその刹那――

俺と英司さんの視線が注がれる中、ドラゴンの宝珠がまばゆい光を放ちつつ、そのままふわっと宙に浮かび上がった。

そして次の瞬間、パリィィンと割れると粉々に砕け散った。

その直後だった。

「……ぅんん、ぷはっ……ごほっごほっ」

「弘子っ！！？？」

「弘子さんっ⁉」

奇跡が起こった。

完全に息を引き取っていたはずの弘子さんが息を吹き返したのだ。

「弘子ーっ‼」

「ちょ、ちょっと痛いわよっ。放してったら……って英司、なんで泣いてるのよ？」

「弘子ーっ！！！」

「ちょっと、苦しいってばっ」

英司さんが人目もはばからず号泣しながら弘子さんを抱きしめる姿を、俺は目に涙をにじませつつ見守り続ける。

「——っていうかちょっと待って！　わたしの服ボロボロじゃないのっ⁉」

服が破けてほぼ半裸状態の弘子さんが大声を上げた。

俺はそんな弘子さんから慌てて目をそらした。

◇◇◇

「……ってことは何？　わたし死んでたの？」

「うん」

「で、そのあと生き返ったわけ？」

「うん。そうらしいんだ」

「……信じられないわ」

俺が渡した予備の服に着替えた弘子さんは眉をひそめる。

「おれも信じられないけど佐倉くんも見ていたからね。ね、そうだよね佐倉くん」

「はいまあ。おそらくですけどドラゴンの宝珠が関係しているんじゃないかと……」

割れて粉々になったドラゴンの宝珠に俺は視線を落とした。

「ドラゴンの宝珠って佐倉くんがわたしにくれたアイテムよね。人を生き返らせる効果があったっていうこと？」

「さあ？　それはなんとも言えませんけど」

正直言って、ドラゴンの宝珠の効果が死者をよみがえらせるものだったのかどうかは今の俺には知りようがない。

「まあいいじゃないか。弘子がこうして無事だったんだから。佐倉くん、ありがとう。弘子が無事でいられたのはきっと佐倉くんのおかげだよ」

「そうね。わたしからもお礼を言わせて。ありがとう、佐倉くん」

「いえ、とにかく弘子さんが無事でよかったです」

俺のあげたアイテムによって弘子さんが助かったのだとしたら、こんなに嬉《うれ》しいことはない。

俺は、明るく微笑む弘子さんとそんな弘子さんを見て喜んでいる英司さんをみつめながら何度もうなずいた。

☆　☆　☆

長い砂のダンジョン地下二十九階を歩き回り、一通りめぼしいアイテムを拾い終えた俺たちは、地下三十階へと続く階段の前にいた。

「じゃあ次の階に行くけど……弘子、もう大丈夫なのか？」

「大丈夫って言ってるでしょ。何回訊くのよ、心配性なんだから」

ついさっきまで変わり果てた姿で倒れていたとは思えない様子で、弘子さんはきはきと返す。

「それならいいんだけどさ。佐倉くんもいいかな？」

「はい。俺は全然問題ないですよ」

魔物と戦ってなさ過ぎて逆に疲れているくらいだ。

少しは体を動かしたい。

「もしかしたら次が最深階ってことも充分あり得るからね。用心してね」

と英司さん。

「そうね。佐倉くんは危ないと思ったらわたしたちのことは気にせずにすぐ逃げるのよ。ランクGのフロアボス相手じゃ佐倉くんなんか本当に死んじゃうんだからね」

「はあ……」

この二人は俺のことをまったく知らないから本気で心配してくれている。

実際はランクGのダンジョンなど、すでに一人でいくつもクリアしているのだが。

「よし。じゃあ行こうか」

英司さんの号令のもと俺たちは地下三十階へ向けて足を一歩踏み出した。

◇◇◇

長い砂のダンジョン地下三十階に下り立つと異様な雰囲気が漂っていた。

何があるというわけでもないのに、自然と鳥肌が立ってしまうようなそんなうすら寒い感じがする。

そう感じたのは俺だけではなかったようで、

「……多分ここが最深階だと思う」

「ええ。フロアボスがどこかにいるはずね」

英司さんも弘子さんも今まで以上に気を引き締める。

「ボスをみつけたら戦うんですか？」

俺は一応訊いてみた。

さっきの階で二人はアダマンタイトを倒すことが出来なかったようだから、おそらくそれよりも強いであろうフロアボスに勝てるとは思えなかったのだ。

だが、

「どんな魔物か一度手合わせしてみようと思っているんだ」

と英司さん。

「どういう魔物か戦ってみないとわからないし、せっかくここまで来たんだからね」

「わたしたち、いざという時に備えてちゃんと帰還石は用意しているのよ」

そう言うと弘子さんは、英司さんの背負っているリュックサックの中から帰還石を取り出して俺に見せてくる。

「帰還石の効果は半径一メートル以内だから、佐倉くんもわたしたちからあんまり離れちゃ駄目だからね」

「わかりました」

二人の話からするとどうやらフロアボスを確実に倒してやろうという感じではなく、とりあえず敵情視察だけでもといったところのようだ。

まあ魔物との相性もあるし、アダマンタイトに勝てなかったからといってフロアボスにも絶対に勝てないとは限らないいか。

ここは二人の意思を尊重しよう。

☆　☆　☆

「はぁっ！」

ザシュッ。

『グエェーッ……！』

通路を曲がって鉢合わせした鬼面道士を、今度はどこかに飛ばされる前に英司さんが斬りつけた。

不恰好《ぶかっこう》な体に斜めに傷が入る。

『ググェッ……』

それでも杖を振りかざそうとする鬼面道士に、

「スキル、発破魔法ランク５っ！」

弘子さんの魔法が炸裂し息の根を止めた。

消えゆく鬼面道士を見下ろしながら、

「弘子、これ食べておいて」

「ありがとっ」

弘子さんは英司さんから手渡された魔草でＭＰを回復させる。

「鬼面道士にだけは気をつけよう。鬼面道士自体はたいして強くはないけど、さっきみたいにバラバラにされると危険だからね」

「そうね、みつけたら優先して倒しましょう。あっそうだわ、帰還石は佐倉くんに持っていてもらいましょうよ。それなら最悪どこかに飛ばされても佐倉くんだけは安全に地上に戻れるから」

「うん、それはいい考えだね」

「でしょ」

言うなり弘子さんは手にしていた帰還石を俺に渡そうとしてきた。

「佐倉くん、これ持っていてちょうだい」

「いやいやいいですよ、そんな大事なもの。弘子さんが持っていてください」

俺は断るが、

「佐倉くんに預けていた方がわたしたちも安心なのよ」

と弘子さんも引かない。

「遠慮しなくていいんだよ」

英司さんも俺を見て優しく微笑んできた。

いえ、全然遠慮なんかじゃないんですけど……。

「俺はレベル99なので本当に大丈夫ですから」

「今さらそんな強がりはいいのよ」

「おれたちにレベルが低いことを隠す必要はないんだからね」

「いや、だから強がりとかじゃなくてですね、なんなら俺、アダマンタイトも一人で倒せますし……」

「またまたぁ、冗談ばっかり～」

「冗談じゃないですって……」

力を見せつけるつもりは毛頭ないが、いっそのこと二人の前でアダマンタイトを倒してみせようか。

押し問答を終わらせるため本気でそう考えた時だった。

金属がこすれるような音が通路の奥から聞こえてきた。

「なんだ……？」

ガシャン……ガシャン……。

ガシャン……ガシャン……。

その異様な物音はゆっくりとこっちに近付いてきているようだった。

「もしかしてフロアボスなんじゃないの……？」

ガシャン……ガシャン……。

英司さんと弘子さんは武器を構えると通路の奥を注視する。

俺も二人に倣《なら》った。

ガシャン……ガシャン……ガシャン……。

今までに遭遇した魔物とは明らかに違うその音は、やはり間違いなく近付いてきている。

「来てるわ、きっとフロアボスよ。佐倉くんはわたしたちの後ろにいてね」

「弘子、いつでも帰還石を投げられる準備をっ」

「ええ、わかってる」

ガシャン……ガシャン。

二人が会話を交わした直後、暗がりから姿を見せたのは——鎧と盾を身につけた首のない騎士だった。

◇◇◇

****

デュラハン

****

「デュラハン……こいつがボスか」

「薄気味悪いわね」

武器を構えて横に並んだ英司さんと弘子さんが、首のない騎士を見据えながら口にする。

「佐倉くんは絶対戦っちゃ駄目よ。危なくなったらすぐ逃げてね。いいっ？」

「は、はあ」

「英司、わたしからいくわよっ」

「頼むっ」

「スキル、発破魔法ランク５っ！」

唱えると、弘子さんの持つ杖から黄色の光球が飛び出しデュラハンに向かっていった。

ドォーン。

だがデュラハンは大きな盾でこれを防ぐ。

さらにそのまま、
鎖のついた盾をびゅんびゅん振り回すとそれを投げつけてきた。

『ヌーン……』

「きゃあっっ」

「弘子っ」

盾による攻撃をくらい後ろに飛ばされる弘子さん。

英司さんが駆け寄る。

「へ、平気よ。でもわたしの魔法が効かないわ……」

「おれがあの盾をなんとかしてみるよ」

そう言うと英司さんは、

「スキル、パラメータ倍化っ！」

すべてのパラメータを一時的に倍にするスキルを使用して自らを強化すると、デュラハンめがけて飛び込んだ。

「はあぁっ！」

剣を両手で持って全力で斬りかかる。

ガンッ！

盾で防がれるも、

「まだまだぁっ！」

英司さんは連続で剣を打ち込んでいった。

ガンッ！

ガンッ！

ガキィィーン！

『ヌーン……⁉』

英司さんの素早い剣撃にデュラハンは盾をはじき飛ばされる。

「今だっ」

鎧の隙間を縫うように英司さんがデュラハンの腹に剣を突き刺した。

剣は鎧を貫きデュラハンの動きが止まる。

するとここぞとばかりに、

「スキル、発破魔法ランク５っ！」

弘子さんが魔法で追撃をくらわせた。

ドォーン！

発破魔法が直撃し剣が腹を貫通したままのデュラハンは、砂ぼこりが舞う中、微動だにせずただ立ち尽くしている。

やったのか……？

顔がないから表情を読み取れないので優勢なのか劣勢なのかわかりづらい。

「英司、倒したのっ？」

「いや、まだだと思う。でもっ……」

言うなり英司さんはデュラハンから剣を引き抜くと、今度は心臓の辺りを狙ってもう一度攻撃を仕掛けるため剣を上段に構えた。

「これで終わりだっ」

英司さんが剣を振り下ろしたその時だった。

『ヌーン！』

デュラハンが突如として動き出し英司さんの首を摑《つか》んで高々と持ち上げた。

「うがぁっ……くっ……」

「英司っ！」

「……かはぁっ……」

足をばたつかせ、かすれた声でもがき苦しむ英司さん。

剣を手放し、両手で必死にデュラハンの手を引きはがそうとするが、ままならないでいる。

「スキル、発破魔法ランク５っ！」

弘子さんもデュラハンから英司さんを助けようと魔法攻撃を試みるが、デュラハンはびくともしない。

「英司ぃっ！」

「……かぁ……かっ……」

『ヌーン！』

まさに絶体絶命。

英司さんと弘子さんは敗北を予感しデュラハンは勝利を確信していたことだろう。

その場に俺という存在がいなければ事実そうなっていたかもしれない。だがもちろん俺がそれを許すはずもなく、

「おりゃあっ！」

ドゴオオォォーン！！！

瞬時に前にいた弘子さんを抜き去った俺は、デュラハンの腹めがけて右拳を打ち込んだ。

刹那、デュラハンがばらばらになって吹き飛び、デュラハンに摑まっていた英司さんは「いてっ」と地面に落ちる。

「ごほっ、ごほっ……さ、佐倉くん……？」

「さ、佐倉くんっ……⁉」

英司さんと弘子さんが俺の名を口にして呆然《ぼうぜん》とする中、

《佐倉真琴のレベルが１４８９上がりました》

俺の脳内ではレベルアップを告げる機械音声がこだましていた。

◇　◇　◇

英司さんがピンチだったためデュラハンを倒してしまった俺だったが、やはり英司さんと弘子さんから質問攻めを受けていた。

「今、何したの……？」

「何ってパンチですけど……」

「佐倉くん、本当にレベル99だったのかい？」

「何度もそう言ってたじゃないですか」

「にしてもすごすぎない？」

「えっと……特別なスキルがあるんですよ」

「特別なスキルってなんなんだい？」

「特別なスキルってなんなの？」

「いや、それはちょっと……」

俺はそれらの質問に答えながら、デュラハンがドロップしていったアイテムを拾い上げる。

****

因果の盾

****

「英司さん、弘子さん、そんなことより見てくださいよ。これ〈因果の盾〉っていうアイテムだそうですよ」

デュラハンが持っていた盾とそっくりのそれを二人に見せる。

「話をそらしたわね（笑）……まあいいわ。佐倉くんのおかげで助かったわけだし」

「そうだね。何か秘密がありそうだけど訊かないでおこうか」

そう言うと二人はそれ以上追及しては来なかった。

うん。やっぱりいい人たちだ。

「因果の盾か……なんか呪われてそうな名前のアイテムだね」

と盾を眺めながら英司さん。

「そうかしら。いかにもレアアイテムっぽいけど……」

「「佐倉くんはどう思う？」」

英司さんと弘子さんがシンクロする。

「え……どうでしょう。よくわかりません」

まがまがしい雰囲気がするようなしないような……。

こういう時に識別魔法があると便利なのだが。

「まあ、どうするかは佐倉くんが決めればいいわ。それは佐倉くんのものなんだから」

弘子さんが俺の目を見て言った。

「いや、俺のものっていうか三人のものですよね？　手に入れたアイテムは三等分するって話でしたから」

「いいのかい？　それは佐倉くんがデュラハンを倒して手に入れたものだよ」

「もちろんですよ。ここまでのアイテムは全部英司さんと弘子さんが手に入れたものですし、お互い様です」

「佐倉くんは本当にいい子ね～」

そう言って俺の頭を撫《な》でる弘子さん。

ちょっと恥ずかしい。


「さて、それじゃあ地上に戻ろうか」

「あ、英司待って。まだこのフロアのアイテムを全部探し切れてないかもしれないわ」

そう言うと弘子さんは探知魔法を発動させた。

そしてフロアを回って拾い損ねていたアイテムを二つ回収してから、

「これでもうこのフロアには用はないわ」

「わかった。じゃあ今度こそ戻ろうか」

「ええ」

「はい」

俺たちは半径一メートル以内に集まって帰還石を割る準備をした。

◇◇◇

帰還石を所持していた俺たちは、地下三十階で帰還石を地面に叩《たた》きつけ割った。

直後、赤く半透明な球体が現れ俺たち三人を包み込む。

そして――瞬く間に瞬間移動。

「はあ〜っ。ようやく戻ってこれたわねっ」

「うん。しかもボスまで倒して初めてダンジョンクリアしちゃったよ、おれたち」

「ははっ、よかったですね」

星明かりの下、俺たちは長い砂のダンジョン攻略を果たし無事地上へと帰還した。

☆　☆　☆

ダンジョンセンターは二十四時間体制でいつでも開いている。

なので俺たちは早速ダンジョンクリアの報告もかねて、手に入れたアイテムを鑑定し買い取ってもらうためダンジョンセンターを訪れた。

「おーっ。すごいおっきいですねー」

俺は東京のダンジョンセンターに来るのは初めてだったので、その大きさに度肝を抜かれる。

大きさだけではなく、東京都庁をさらに近代的かつ荘厳な造りにしたような外観にも驚かされた。

「そうかい？　青森のダンジョンセンターもこんなもんじゃないのかい？」

「いえいえ、俺がいつも行っているダンジョンセンターの五倍はありますよ」

中に入るとその広さと人の数に圧倒されそうになる。

テレビでしか見たことはないが、コミケ会場をさらに大規模にしたような感じだ。

「ようこそいらっしゃいませ。どのようなご用でしょうか？」

制服を着たきれいな女性職員が笑顔で近寄ってきた。

「あ、えーっと、未踏破ダンジョンクリアの報告とアイテムの買い取りをお願いしたいんですけど……」

英司さんが返すと、

「それでしたら十四番の窓口にいらしてください」

「あちらになります」と女性が手を伸ばす。

「ありがとうございます」

軽く会釈をして俺たちは女性の指示通りに十四番カウンターへと向かった。

☆　☆　☆

深夜の二時過ぎだというのに十四番カウンターには長い行列ができていた。

その行列に並んで待つことおよそ三十分、ようやく俺たちの順番が回ってきた。

「未踏破ダンジョンをクリアされたということですが、どちらのダンジョンでしょうか？」

席に着くとカウンターの向かいに座る女性が訊ねてくる。

「ランクGの長い砂のダンジョンです」

弘子さんがはきはきと答えた。

「ランクGですかっ！　それはすごいですねっ。おめでとうございますっ」

「ランクGってそんなにすごいんですか？」

「はい、もちろんですよ。現在クリアが確認されているダンジョンの最高位ですからね」

と弘子さんの問いに女性が返す。

そうだったのか……俺も今初めて知った。

ということはランクAからFのダンジョンはまだ誰もクリアしてはいないのか。

うーん、ちょっと意外だ。

「クリア報酬の三百万円は事実確認が出来次第ということで、とりあえずチーム名か代表者様のお名前をよろしいですか？」

「佐倉くん、おれたちのチーム名でいいかい？　あとでお金は分けるからさ」

「はい、もちろんです」

英司さんが俺に振り向き訊いてきたので、俺はすべて任せますというつもりでうなずいた。

「じゃあチーム名はミスターアンドミセスオオツカで」

「はい。ミスターアンドミセスオオツカ様ですね。かしこまりました」

そんなチーム名だったのかと若干の驚きを隠せないでいると、

「ではお売りになりたいアイテムを見せていただけますか？」

女性が立ち上がった。

「こちらに置いてください」

カウンターに手を差し向ける。

女性の言葉を受けて俺たちは、それぞれが長い砂のダンジョンで手に入れたアイテムをカウンターの上に出していった。

それらは因果の盾をはじめとしてエリクサーや〈エクストラゲイン〉、魔草や万能薬、聖者の王冠など計八点。

「では査定をしてまいりますので少々お待ちください」

言うなりほかの職員の手も借りて、女性はそれらのアイテムを奥の部屋へと運び込んでいった。

◇◇◇

「大変お待たせいたしました」

査定を終え、奥の部屋から用紙を持って戻ってきた女性が口を開く。

椅子に腰かけた女性は手に持った用紙を見ながら、

「内訳ですが、因果の盾が五百円、エリクサーが二つで百万円、エクストラゲインが百五十万円、魔草が二万円……」

詳細を説明していってくれる。

「合計で三百三十五万五千五百円になりますがよろしいでしょうか？」

「えっと、その前に因果の盾とエクストラゲインの効果だけ教えてもらってもいいですかね」

と英司さん。

「かしこまりました。まず因果の盾ですが、こちらは呪われたアイテムです」

「おおっ。ほら弘子、やっぱり呪われてるってさ」

「わかったから静かにして」

「よろしいですか？　うちの職員が言うには、因果の盾は非常に防御力が高く、魔法攻撃を完全に防ぐことが出来るそうなのですが、身につけると走れなくなってしまうアイテムのようですね」

「そうですか、走れなく……」

英司さんは首を小さく何度も縦に振る。

「因果の盾は呪われたアイテムですので、買い取り金額は一律で五百円となっています。申し訳ありません」

「えっと、じゃあエクストラゲインはどういうアイテムなんですか？」

弘子さんが身を乗り出す。

「エクストラゲインはポーションなどと同様、飲んで効果を発揮するアイテムなのですが、それを使用すると新たなスキルを一つだけ覚えることが出来ます」

「へー、新しいスキルですか。それっていいですね」

「はい。ですので買い取り価格も百五十万円と高額になっております」

新しいスキルを覚えるアイテムか……レベル99が上限の普通のプレイヤーたちからしたら喉から手が出るほど欲しいアイテムかもな。

「どういたしますか？　すべてよければこれで買い取りさせていただきますが……」

するとと英司さんと弘子さんは顔を見合わせてうなずいた。

そして、

「わたしたちはこれでいいけど佐倉くんはどう？」

俺に向き直る弘子さん。

「弘子さんたちはエクストラゲインはいらないんですか？」

「うん。わたしたちは結婚資金が欲しかっただけで、別にプロのプレイヤーになるつもりはないから」

「佐倉くんのおかげでダンジョンクリアの報奨金も出るし、もうおれたちは今回でダンジョンに潜ることは終わりにしようかと思っているんだ」

「そうですか……」

そっか。そういえば二人は学生結婚のカップルだったな。

結婚式の費用を貯《た》めるためにダンジョンに潜っていると言っていたっけ。

「佐倉くんが欲しいならエクストラゲインは売らなくてもいいけど……」

英司さんは言うが、

「いえ、俺もいいですよ。全部売りましょう」

俺からの結婚祝いってことで結婚資金の足しにでもしてもらえばいい。

「そうかい？　ありがとう佐倉くん」

「ありがとうね、佐倉くん」

俺は二人の優しい笑顔に満足感を覚えつつ自然と微笑んでいた。

◇◇◇

ダンジョンセンターをあとにしようとしたまさにその時だった。

「「「おおーっ!!」」」

と後ろから大きな歓声がドッと沸いた。

何事かと英司さんと弘子さんと俺は後ろを振り返る。

するとさっきまでは気付かなかったが、そこには大きな電光掲示板が設置してあって、そしてその上部には、でかでかと獲得賞金ランキングという文字が表示されていたのだった。

「おい、九千万だってよ！」

「マジかよっ。嘘だろっ」

「あっ、神代様も入ってるわっ！」

電光掲示板に表示されたランキングを見て沸き立つプレイヤーたち。

「何？　獲得賞金ランキングって……？」

弘子さんの声が聞こえたのか、出入り口付近にいた女性職員が近寄ってくると、

「本日から、全国でのこれまでの総獲得賞金の上位十五名の方々の名前を公表することになったんです」

と話し始める。

「へー、そうだったんですか。でもなんでそんなことを？」

と英司さん。

「政府ははっきりとは明言していませんが、公表することによってプレイヤーの皆さんの士気を高めることが狙いだとも言われていますね」

女性は続けて、

「未踏破ダンジョンクリアの報酬とアイテムの売り上げ金額の合計でこのランキングは算出されています。チームに支払われたお金は、そのチームのメンバーで割った金額が個人の金額として反映されていますので、そのあたりはもしかしたら実際とは少し異なる結果が出ているかもしれませんが、基本的には、ランキングに載った方々はそれだけ稼いでいらっしゃるということですね」

と説明してくれた。

周りの熱気に触発されたのか弘子さんも声を上げる。

「ねえ英司、あれ見てよ。一位の子、九千万円も稼いでるわよっ」

「どれどれ……あ、本当だっ。すごいな、まだ十八歳の女の子なのに」

十八歳の女の子？

俺は二人の会話でもしやと思い一位の名前を確認した。

するとそこには［磯美樹《みき》］の文字。

「磯さん⁉」

「何、佐倉くん。一位の子と知り合いなの？」

「え、ええ、まあ」

「へーすごいわね……ってちょっと待ってっ⁉　佐倉くんの名前も載ってるわよっ！」

「えっ……⁉」

弘子さんの言葉で俺は再び顔を上げる。
電光掲示板を見上げてランキングの一位から視線を落としていくと、

＊＊＊＊＊＊＊＊＊＊＊＊＊＊＊＊＊＊＊＊＊＊＊＊＊＊＊＊

第一位　磯美樹（十八歳）――九千二百十二万五千五百円
第二位　桃野香織《もものかおり》（十七歳）――六千百五十二万円
第三位　龍堂龍臣《りゅうどうたつおみ》（二十八歳）――五千九百万円
第四位　小鳥遊《たかなし》らいてう（六十一歳）――五千六百二万五千円
第五位　播磨唯我《はりまゆいが》（十五歳）――五千三百九十九万円
第六位　佐倉真琴（十七歳）――五千三百九十万五千円
第七位　大熊《おおくま》・ショーン・大輔《だいすけ》（二十二歳）――四千八百五十六万六千円

第八位　備前吉宗《びぜんよしむね》（二十歳）――三千二百五十七万円

第九位　神楽坂愛《かぐらざかあい》（三十三歳）――二千九百三十三万七千五百円

第十位　神代閃一《せんいち》（十七歳）――二千万円

第十位　海道光《かいどうひかる》（十七歳）――二千万円

第十位　長澤紅子《ながさわべにこ》（十七歳）――二千万円

第十位　水川蓮華《みずかわれんげ》（十七歳）――二千万円

第十四位　マリア・ファインゴールド（十三歳）――千九百八十万五百円

第十五位　伊集院陽太《いじゅういんようた》（十七歳）――千八百三十五万五千円

＊＊＊＊＊＊＊＊＊＊＊＊＊＊＊＊＊＊＊＊＊＊＊＊＊

「げっ……本当だ」

六位に自分の名前があった。

獲得賞金まで載っている。

「さ、佐倉くんてすごいプレイヤーだったんだね……う～ん、キミの言うことを信じていなかったよ、申し訳ない……たしかにデュラハンを素手で倒せるんだから、よく考えればすごいレベルに違いないいんだよなぁ」

「わたしたち佐倉くんのことかなり下に見ちゃってたわよね、ごめんなさい」

「いや、別にそんなことは気にしてないのでいいですけど……」

しかし、こんな風に名前を大々的に発表されるのは、正直いい迷惑だ。

まったく、政府のやることはいつもよくわからないな……。

◇◇◇

獲得賞金ランキングが掲載された電光掲示板を眺めながら、現政権に愚痴をこぼしていると、
ピリリリリ……。ピリリリリ……。ピリリリリ……。

スマホの着信音が鳴った。

画面を確認するとそれは磯さんからの着信だった。

「はい、もしもし」

『佐倉さぁん！　わたし磯ですぅ。聞いてください、わたし今さっき深い霧のダンジョンを一人でクリア出来たんですよぉ～』

それはランクGのダンジョンを一人でクリア出来たという報告の電話だった。

よほど嬉しかったのだろう、こういう形での電話は初めてだ。

それにしても、さすが【物理攻撃無効化】と【魔法無効化】のスキルを持っているだけのことはあるな。

「それはすごいですね磯さん。でもダンジョンセンターではそれよりもっとすごいことになってますけど……磯さん、今どこですか？」

『わたしですかぁ？　秋田県のにかほ市っていうところにあるダンジョンセンターの前ですけど』

「ちょうどよかった。じゃあ中に入ったら電光掲示板があると思うんでそれ見てください」

『電光掲示板ですかぁ、ちょっと待ってくださいぃ……ふぇっ⁉　あ、あ、あ、あれなんですかぁ～っ、わたしの名前が一番上に載ってますぅ～っ』

スマホから悲鳴めいた磯さんの震えた声が聞こえてくる。

「これまでダンジョンで稼いだ額のランキングだそうですよ。磯さんは堂々の一位です」

『な、なんでですかぁ～っ』

「なんでってダークマターが八千万円で売れたからでしょう」

『こんなに目立っちゃったらわたし困りますぅ～っ』

「一応言っておきますけど、名前が大々的に報じられてしまったんですから大金を持ち歩いちゃ駄目ですよ。あと変な人に騙《だま》されないように気をつけてくださいね」

磯さんなら強盗に襲われても問題はなさそうだが、詐欺に遭う可能性は充分あるからな。

「じゃあそういうことなんでもう夜遅いし切りますね」

『あっ待ってくだ』

磯さんは何かまだ喋《しゃべ》っていたが俺は途中で切ってしまった。

ちょっと無神経かとも思ったが、まあ深夜に電話してくる磯さんも磯さんだからお互い様だろう。

「すいません、勝手に電話に出ちゃって……ってなんですかその顔？」

見ると弘子さんと英司さんはにやにやしながら俺をみつめていた。

「今の電話の子が一位の子でしょ。磯美樹ちゃんだっけ？」

「はい、そうですけど……」

「仲良さそうじゃないのっ」

言いながら弘子さんは「このこのっ」とひじでつついてくる。

なんだ、この妙なテンションは？

「磯美樹ちゃんてどんな子なの？　お姉さんに教えてみなさい」

「どんなって……ちょっと変わってますけど、真面目で優しい人ですよ」

「へー。ふーん、そうなんだ～」

「そうかそうか～」

弘子さんと英司さんは何が楽しいのか笑みを絶やさない。

……よくわからないけどなんか居心地が悪いな。

「えっと……俺そろそろ行きますね」

「ん、そうかい？　じゃあ佐倉くんともこれでお別れか」

「ダンジョンクリアのお金は貰ったらちゃんと振り込んでおくから安心してねっ」

「はい、よろしくお願いします」

俺は会釈をすると二人を残し一足先にダンジョンセンターをあとにした。

そしてビルとビルの間の暗がりから夜空に飛び立つと、一路自宅へと舞い戻るのだった。

第十五章　高レベルプレイヤーたちの祭典

ピリリリリ……。ピリリリリ……。ピリリリリ……。

「……んん、ん」

気持ちよくうたた寝していた俺だったが、スマホの着信音によって夢の世界から現実へと引き戻される。

ベッドの上のスマホを手繰り寄せ画面を確認すると、そこには知らない番号が表示されていた。

「はぁ～……またか」

俺はスマホを毛布でくるむと音が鳴《な》り止《や》むまでじっと待つ。

ピリリリリ……。ピリリリリ……。ピリリリリ……。ピリリリリ……。ピリリッ。

「ん、諦めたかな……？」

出なくても電話の相手は大体わかる。小中高の同級生の誰かだ。

獲得賞金ランキングに俺の名前が載ってからというもの、俺のスマホにはひっきりなしにいくつもの見知らぬ携帯番号から電話がかかってきていた。

大抵の奴《やつ》は無視すればそれで諦めてくれるのだが中には——

プルルル……。プルルルル……。プルガチャッ。

「おーい、真琴《まこと》！　小学校の頃の同級生の須永《すなが》さんって子から電話だぞー！」

「……はぁ〜い！　今行くよー」

諦めずに家の電話に直接かけてくるつわものもいる。

「須永……って誰だっけな？」

そういう奴に限って全然話した覚えがなかったりするから余計困る。

顔や名前が思い出せないどころか男か女かさえもわからないのだからな。

☆　☆　☆

『……え〜、あの頃わたし真琴くんと同じクラスになりたかったんだよ。ホントだってば〜。ねぇ、それより真琴くんは今貯金どれくらいあるの？　何に使うか決めてる？』

「いや、うーん、全然」

『今度どっか遊びに行こうよ、わたしお弁当作るからさ〜』

「あー、うん、でも俺ほとんどダンジョンにいるから時間ないんだ、ごめん。またあとで」

『あっ、ちょっ』

自称友達の須永さんとの通話を一方的に終えると受話器を置く。

「なんだか最近真琴への電話が増えたなぁ」

「そうね。真琴くんってお友達多かったのね～」

父さんと義母《かあ》さんがのんきに話しているのを尻目に俺は二階の自室へと向かった。

ドアを閉め、

「ステータスオープン」

ステータスボードを目の前に表示させると、あらためて自分のステータスを確認する。

今では自分のステータスを見ることがストレス解消法の一つとなっていた。

＊＊＊＊＊＊＊＊＊＊＊＊＊＊＊＊＊＊＊＊＊＊＊＊＊＊＊＊＊＊＊＊

名前：佐倉《さくら》真琴
レベル：３９５１６
ＨＰ：２４１６３０／２４１６３０　ＭＰ：２０８４２９／２０８４２９
ちから：２２２１３４

みのまもり：２０１５６１
すばやさ：１８７４２３
スキル：経験値１０００倍
　　：レベルフリー
　　：必要経験値１／30
　　：魔法耐性（強）
　　：魔法効果7倍
　　：状態異常自然回復
　　：火炎魔法ランク10
　　：氷結魔法ランク10

・電撃魔法ランク10
・飛翔《ひしょう》魔法ランク9
・転移魔法ランク4

＊＊＊＊＊＊＊＊＊＊＊＊＊＊＊＊＊＊＊＊＊＊＊＊＊＊＊＊

「しっかし、こうしてみるとやっぱり異常な数値だよなぁ……」

普通のプレイヤーと三つは桁が違う俺のパラメータは、まるでゲームで裏技をしすぎてバグってしまったかのようだ。

こんな数値が世間にバレたら騒ぎは今の比ではないはずだ。

きっと国の要人や科学者、マスコミ連中などが俺のことをくまなく調べようとこぞってやってくるだろう。

だからこの秘密だけはなんとしてでも守らなくてはいけない。

決意新たにそう意気込んでいると、
ピリリリリ……。ピリリリリ……。ピリリリリ……。

またもスマホが着信を知らせてくる。

「今度は誰だ？」

言いつつ、どうせまた見知らぬ番号からだろうと決めてかかっていたら、スマホの画面には珍しい名前が表示されていた。

「えっ……海道《かいどう》⁉」

◇◇◇

『おっす佐倉、元気にしてたかっ！』

スマホを耳に当てると開口一番、海道の暑苦しい声が聞こえてくる。

「……海道、なんか用か？」

『なんだ佐倉、元気ねぇなぁ。そんなことじゃすぐ追い抜いちまうぞ』

「追い抜く？　……あー、ランキングのことか」

海道はつい先日発表されたばかりの獲得賞金ランキングのことを口にした。

俺は六位で海道はたしか十位だったはず。

『佐倉、お前もう五千万も稼いでるんだな。高校行ってない奴は暇でいいよな』

「ほっとけ。それよりマジでなんの用なんだ？　そんなこと言うためにわざわざ電話してきたわけじゃないだろ」

もしそうだとしたら海道も充分暇人だ。

『おっと、そうだった。ころっと忘れてたぜ。じゃあ早速本題だが次の日曜日空けとけよ』

「次の日曜日？　なんでだよ」

『やっぱり知らなかったか。ほら見ろ、こいつなんにも知らないみたいだぜっ』

海道はそう言って誰かに声を飛ばしたようだった。

「ん？　そこに誰かいるのか？」

『ああ、神代《かみしろ》と長澤《ながさわ》と水川《みずかわ》がいるぜ。今朝練が終わったところでな、ちょうどみんな剣道場の前に集まってるんだ』

剣道の朝練か……朝早くからご苦労なこった。

『ちょっと海道代わって。あん？　なんでだよ。いいから早くっ。あ、おいっ。いぇーい、佐倉元気ーっ？　ほら蓮華《れんげ》もっ……う、うん……さ、佐倉さん、水川です。お、おはようございます……』

「あ、ああ。長澤と水川か。おはよう」

スマホからは海道に代わって長澤と水川の声が聞こえてきた。

おそらく近くにいた長澤が、海道のスマホを奪い取ったのだろう。

『さ、佐倉さん、お元気ですか……？』

「うん、元気だけど。水川は？」

『は、はい。わたしも元気です……』

「そっか。そりゃよかった」

水川と他愛もないやり取りをしていると、

『意味ねぇ会話してるんだったらさっさと返せって……あ、す、すみませんっ……』

海道のイラついた声が耳に入ってくる。

そして『悪ぃな佐倉、さあ話の続きだっ』と海道の声が再び耳に届く。

「海道か。それで次の日曜日に何があるんだ？　みんなで遊びにでも行くのか？」

『んなわけねぇだろ。お前ダンジョンに潜りすぎで最近のニュース全然見てねぇな』

「うっ……」

たしかにこのところ、テレビにもネットにも触れていないので最近のニュースにはとんと疎いが……。

『いいか？　ここにきて全体的にプレイヤーたちのレベルがだいぶ上がってきてるだろ。だがそれでもランクF以上のダンジョンは未《いま》だに誰も攻略できてはいない。かといって低ランクのダンジョンのアイテムはほとんど取りつくされちまってて、魔物からのドロップを期待するしかないって状況だ。だからプレイヤーたちのやる気もだんだんなくなってきちまってるっていう話がちょっと前から出てただろ……それくらいは聞いたことあるよな？』

「ん、あー、まあな」

初耳だ。

『そこでだ、そんなプレイヤーたちの憂さ晴らし兼賞金稼ぎの場を国が設けることにしたってわけだ』

「ふーん」

まだ話がよく見えないな。

『これから毎月末の日曜日に、全国から東京に高レベルのプレイヤーたちを集めて国主催の格闘大会を開くんだそうだぞ。その名も〈トッププレイヤーバトルトーナメント〉だっ！』

海道が声高に言った。

「なんだそりゃ」

『そんでもって優勝者には国からかなりのレアアイテムが渡されるらしい。その激レアアイテムはもちろん使ってもいいしその場ですぐに換金してもいいんだそうだ。まあおれなら強力な武器以外は速攻で金に換えるけどなっ』

「ふーん、なるほどな。でそのトップなんとかっていう大会に海道たちも参加するから俺にも出ろってことか」

『へへっ。まあ、そんなとこだ』

「断る」

『だろ。当然出るよな――ってなんだとっ⁉　断るだって⁉』

俺の答えが予期していないものだったようで海道は大声を張り上げる。

「うっさいな……ああ。俺は出ないよ」

『なんでだっ！　激レアアイテムが貰《もら》えるんだぞっ！』

「いいよ別に。俺はもう五千万円は稼いでるし……」

金はあるに越したことはないが悪目立ちはしたくない。

『強い奴らと本気で戦えるんだぞっ、絶対楽しいだろうがっ！』

「うーん……東京行く金ももったいないし……」

っていうのは建前で、本当は俺が本気で戦ったりなんかしたら間違いなく相手を殺してしまうからなのだが。

するともしも電話の向こうで、『海道さん、僕に代わってもらえますか』と声が聞こえた。

そして、

『……もしもし、佐倉さんですか。お久しぶりです、神代です』

海道に代わって神代の落ち着いた声が届いてくる。

「ああ、久しぶり。言っとくけどお前が何を言っても俺は出ないからな」

『その件なのですが、実は海道さんは佐倉さんに一つとても重要なことを言い忘れていたのでそれをお伝えしますね』

「なんだよ」

……なんか嫌な予感。

『海道さんはてっきり佐倉さんも出るものだと思って楽しみにしていたのですでに佐倉さん、あなたの分のエントリーも済ませてしまっているのですよ』

「はぁっ⁉　なんだよそれっ？」

俺の分のエントリーを済ませているだって？　何を勝手なことを……。

というか本人以外がエントリーできるってどんな大会なんだよ。

『僕が直接大会運営者の方に訊《き》いてみたのですが、もし今から不参加ということになりますと、ペナルティとしてダンジョンセンターの使用が一定期間制限されるのだそうです』

「おい、嘘《うそ》だろっ……」

『残念ながら本当です。初めての試みなので国としても沢山の方に出場してほしいらしく、キャンセルにはそれ相応のペナルティを考えたようですね。というわけですので佐倉さんには出て――』

「ちょっと待て神代っ。お前は俺が本気を出したりしたらどうなるかわかってるだろ」

電話の向こうにいるであろう海道たちには聞こえないように、俺は小声で神代に呼びかけた。

神代は俺のレベルがとんでもない数値であることを知っている。実際に手合わせしたこともある。

なので当然、俺が格闘大会になんか出たら相手がどうなってしまうかもよくわかっているはずだ。

だが、

『そのことでしたら問題ありませんよ。今は詳しくは話せませんが僕に考えがありますから』

神代は至って冷静に返してくる。

『あっ、すみません。もう朝のホームルームが始まるので一旦切りますね、詳しいことはお昼にでもまた……』

「ちょ、ちょっと待てって」

『ではすみません、失礼します』

「おい、神代――」

プツッ。プー、プー、プー、プー……。

……話の途中だったのに一方的に切られてしまった。

◇◇◇

その後、神代は言っていた通り昼頃に電話を掛け直してきた。

『先ほどは突然電話を切ったりして本当にすみませんでした』

「それはもういいけどさ、それよりお前今一人か？」

『はい。誰にも聞かれていませんので安心してください』

穏やかな声で神代が答える。

「で、海道が朝言ってたトップなんとかって大会……」

『トッププレイヤーバトルトーナメントです』

「あー、そのバトルトーナメントだけどさ、これは全然自慢とかじゃなくてだな、俺が出たら圧勝しちゃうと思うんだが……」

『ええ、そうでしょうね』

「わかってたならなんで海道を止めなかったんだよ。圧勝なんかしたら国に目をつけられるだろうが。国主催の大会なんだからお偉いさんとかが見学に来るかもしれないんだし、動画とかだって撮られるかもしれないだろ」

『ですから、それを逆手に取ればいいんですよ』

と神代。

「？　どういうことだよ」

『いいですか？　佐倉さんはソロで五千万円を稼いでいる現時点で、もうすでに政府に知られる存在となっているはずです』

「え、マジで……？」

『はい。ですからここはあえて大会に出場して、佐倉さんも一般のプレイヤーとそう変わりないのだということをアピールすべきだと思います』

神代は簡単に言うが、

「手加減したらバレるんじゃないか？　俺、はっきり言って人差し指一本だけでも優勝する自信あるぞ」

手加減がバレたら元も子もない。

『そこは問題ないです。佐倉さんにとって非常にラッキーなことにこの大会は武器、防具、アイテム、魔法、スキル、なんでもアリですから』

「それのどこがラッキーなんだよ」

『ふふっ……佐倉さん、今日はこのあとお暇ですか？』

電話の向こうで含み笑いを浮かべたのだろう、少し笑い声が聞こえたあと神代は話をそらした。

「暇だよ。お前たちと違ってな」

『それはちょうどよかったです。今日は短縮授業で僕ももう家に帰るところだったので』

「ふーん、そうなのか」

短縮授業か……懐かしい響きだ。

『すみませんが佐倉さん、今から出てこられますか？』

「どこに？」

『今僕がいる場所にです』

相変わらずもったいぶった喋《しゃべ》り方《かた》だな。

「だからどこだよ？　行ってやるから場所を言え」

『入矢《いりや》高校です』

◇◇◇

青森県立入矢高等学校――神代や海道たちが通う高校だ。

俺は自宅から飛翔魔法で最寄りの公園まで移動してから、徒歩で入矢高校へと向かっていた。

本当は高校まで直接飛んでいきたいところだったが、時刻はまだ正午過ぎ。人目につく行動は極力控えた方がいいと判断して今に至っている。

☆　☆　☆

十分ほど歩いたのち高校にたどり着くと、校門前には女子生徒たちの人だかりが出来ていた。

……なんだろう？

女子生徒たちを横目で見つつ回り込もうとした矢先、

「佐倉さんっ」

どこかから神代の声が聞こえた。

「神代……？」

「こっちです佐倉さん。わざわざ来ていただいてありがとうございます」

女子生徒たちの輪の中から眼鏡をかけた制服姿の神代が颯爽《さっそう》と姿を見せる。

どうやら神代目当ての女子生徒たちが、神代の周りを取り囲んでいたようだった。

しかも女子生徒たちの着ている制服が微妙に違う。

おそらくだが、他校の女子生徒も交ざっているのだろう。

「あの人誰？」

「さあ？　でも割とイケてない？」

「私知ってるっ。プロのプレイヤーの人だよ。名前はたしか――」

「わたしは神代様の方が全然いいいし～っ」

女子生徒たちの無遠慮な視線を浴びながら俺は神代に近付いていく。

「で、これからどうするんだ？」

「僕の家にご案内します」

神代がそう口にした瞬間、それを聞いていた女子生徒たちがきゃあきゃあと色めき立った。

「神代さんの家だって！」

「うらやまし～っ」

「っていうかあの人、男の人だよねっ。女の人じゃないよねっ？」

耳に入ってくる声を無視して俺は神代に訊《たず》ねる。

「お前の家？　何企《たくら》んでるんだ」

「ふふっ、企むだなんて人聞きの悪い……僕の家はすぐそこですからとりあえず僕についてきてください」

そう言うと俺を置いて神代は歩き出した。

「はいはい、わかったよ」

俺は周りにいた女子生徒たちの好奇の目から逃れるように、神代のあとを追った。

◇◇◇

「えっ、神代は出ないのかっ？」

「はい。僕は今度の日曜日は外せない用事がありますからね」

俺は神代とともに神代の家に向かって歩いていた。

その道すがら、神代は今度のバトルトーナメントには出場しない旨を俺に伝えてきた。

「なんだよそれ」

「すみません。ちなみに長澤さんと水川さんも参加しませんよ。長澤さんは法事があるとかで、水川さんは長澤さんが出ないのなら出ないと言っていましたから」

「そうなのか。お前ら四人はいつも一緒だからてっきりみんな出るもんだと思っていたのに……」

海道の奴、もしかして一人で出るのが嫌だからむりやり俺を引き込んだんじゃないだろうな。

「海道さんは間違いなく出ますから安心してください。佐倉さんと大会に参加するととても楽しそうに話していましたから。あ、それと一応断っておきますが、別に僕たちはいつも一緒にいるわけではありませんよ。たまたま進む先が重なることが多いだけです」

「……ふーん、そうか」

よくわからないことを神代が言うのでとりあえず相槌《あいづち》だけ返しておく。

「で、話を戻すけど神代の家に行って何をしようっていうんだ？」

「今度の国主催の大会、武器や防具の使用が認められているということは話しましたよね」

「ああ。アイテムもスキルも魔法もなんでもアリなんだろ」

「はい。もちろん殺しはいけませんけどね」

そんなことは言われんでもわかっているさ。

涼しげな顔で口にする神代を横目で見ながら俺は心の中でそうつぶやいた。

「僕たちはこれまでのダンジョン探索で、ほとんど値のつかなかったアイテムを売らずにとっておいてあるんですよ。それらをまとめて僕が預かっているのですが、その中からいくつかのアイテムを佐倉さんにお貸ししようかと思いましてね」

と神代。

「アイテムなんか使ったらそれこそ俺が圧勝しちゃうだろ」

周りのプレイヤーに大差をつけて勝ってしまっては、俺の強さに疑問を持つ者が出てくるおそれがある。

そうなるとレベルの秘密が公になってしまう可能性もある。

かといって明らかに手加減していたら、それはそれではたから見たらおかしな行動に映るだろう。

「大丈夫ですよ。そんな佐倉さんにうってつけのアイテムがありますから」

神代はそう言うと目を細めにこっと微笑《ほほえ》んだ。

「……本当だろうな」

「はい。僕を信じてください」

俺が女だったらコロッと騙《だま》されてしまいそうな爽やかな笑みを神代は浮かべてみせる。

まったく、これだから顔のいい奴はいけ好かないんだ。

☆　☆　☆

……それにしても結構歩くな。

「神代、お前の家ってどこなんだよ。学校のすぐ近くだって言ってたよな」

「そうでしたっけ」

と髪をかき上げ涼やかな顔でうそぶく神代。

むかつくがそんな姿もまたモデルのようで様になっている。

「というのは冗談です、すみません。ここが僕の家ですよ」

「ん？　ここ……って」

神代が指差す先には背の高い塀がずっと続いているだけだ。

「この塀の向こうが僕の家です」

「塀の向こうって……え、まさかここら一帯が全部お前の家って言うんじゃないだろうなっ」

「ふふっ、そのまさかですよ」

このすぐあとにわかったことだが、神代の家は敷地《しきち》面積二千五百坪を誇る超がつくほどの大豪邸だった。

◇◇◇

「お帰りなさいませ閃一《せんいち》様。ご学友の方もようこそいらっしゃいました」

「ただいま、九曜《くよう》さん」

大きな門扉を抜けると、玄関前で着物を着た三十代前半くらいの和風美人が俺たちを出迎えた。

神代はその女性に軽く手を振ってから俺に家に上がるよう促す。

「さあどうぞ佐倉さん、遠慮せずに上がってください」

「あ、ああ。お邪魔します」

戸惑いつつも俺は神代に従って家へと上がり込んだ。

広く長い廊下を歩きながら、

「さっきの人は？」

訊ねると、

「九曜さんですか？　九曜さんは住み込みのお手伝いさんです。といっても僕が小さい頃からずっと一緒なので家族みたいなものですけどね」

前を行く神代が振り返り言う。

「ふーん、お手伝いさんね……」

さすがお金持ちは違うね。お手伝いさんが家にいることを当然のように話すのだから。

☆　☆　☆

厳かなサーキュラー階段を上り二階に上がると、

「ここが僕の部屋です」

神代が階段横の部屋のドアを開けた。

「ん……？」

「どうかしましたか？」

「あ、いや、別に……」

神代の部屋は想像していたよりだいぶ狭く、普通の男子高校生のそれとほとんど大差がないように感じた。

大豪邸の一室とは思えない簡素で質素な造りに逆に面食らってしまう。

神代はカバンを机の上に置くとふすまを開けた。

そしてその中にしまっていたアイテムを取り出す。

「これらのアイテムの中から佐倉さんに合うものをお貸ししたいと思います」

言って俺の目の前に武器や防具、アクセサリーを並べてみせた。

「だからさぁ、俺はバレずに上手《うま》く手加減する方法とかが知りたいんだよ。さっきも言ったけどこんなのを装備して今より強くなっちゃったら元も子もないだろ」

「ふふっ。まあ騙されたと思って試しにこの靴を履いてみてください」

神代はそう言うと、サッカー選手が履いているようなスパイクのついた靴を手で示す。

「騙されたくはないけどな……」

言いながらも俺は神代の指示通り、そのなんの変哲もない靴を両足に履いてみた。

すると、

「ぉおっ⁉」

体が急に重たくなった気がした。

「なんだこれっ？」

「それは〈鈍足のシューズ〉といって、装着した者のすばやさを0にする呪われたアイテムです」

神代はさらっと言ってのける。

「うぉい、変なもん履かせるなよっ。これちゃんと脱げるんだろうなっ」

「大丈夫ですよ。僕も試しましたから」

「まったく……」

俺は慌ててその鈍足のシューズとやらを脱ぎ捨てた。

途端に体が軽くなる。

「もうおわかりのようにここにあるアイテムはすべて呪われたアイテムです。これらを装備して大会に出場すれば佐倉さんがいくら本気を出しても、誰も殺《あや》めることはありませんし本当のレベルがバレることもありませんよ」

神代は手を広げそう言い放つのだった。

◇◇◇

「神代、この鎧《よろい》も呪われているんだよな。これはどんなアイテムなんだ？」

俺は黒光りする鎧を指差し訊ねた。

「それは〈封魔の鎧〉といって装備すると魔法が一切使えなくなるという鎧です」

「ふーん。じゃあこっちの兜《かぶと》は？」

「その兜は〈目くらましの兜〉ですね。装着した者の視覚を完全に奪う兜です」

二本の角が生えたようなデザインの銀色の兜を手で指し示しながら神代が答える。

「目が見えなくなるのか……それはさすがにやりすぎだな。そんな状態で戦ったら余計怪しまれるだけだもんな」

「ふふ、そうですね」

俺たちは神代の家で呪われたアイテムに囲まれながら、バトルトーナメントに身につけていくアイテムを吟味していた。

だが、呪われているアイテムだけあってなかなかめぼしいものがみつからない。

「いい感じにハンデがつくくらいがベストなんだけどなぁ」

「それでしたらこのリストバンドはどうですか？」

そう言うと神代は、プロ野球選手がしているようなシンプルな白いリストバンドを差し出してきた。

「このアイテムは〈虚弱バンド〉といって身につけると全パラメータが百分の一になります」

「百分の一⁉」

「はい。失礼ですが佐倉さんの今の〈ちから〉のパラメータはどれくらいですか？」

「えっと、たしか二十万くらいだったと思うけど……」

「ということはこれを装着すると、佐倉さんの〈ちから〉は二千くらいに激減するということになりますね」

と神代。

続けて、

「僕は現在レベル99なのですが、今の僕の全パラメータを平均すると大体九百五十ほどなので、これを身につけた佐倉さんがもし本気を出したとしてもある程度は応戦出来ると思いますよ」

神代は言う。

「なるほど」

「それに加えてこの武器もお貸ししますよ」

神代はさらに一振りの細長い刀を持ち上げた。

「それは？」

「これは〈スキル断ち〉という刀です。その名の通り、持ち主はこの刀を握っている間スキルが一切使用不能になります」

「スキルなしで戦うのか？」

スキルが使用不能ということは、【魔法耐性（強）】や【状態異常自然回復】といったスキルの効果が期待できないほか、全魔法も使えなくなるわけだ。

「それくらいのハンデがあってちょうどいいくらいじゃないでしょうか」

「う～ん、まあ、神代がそう言うのならそうなのかもな」

「ちなみにこのスキル断ちですが、逆刃刀《さかばとう》なので相手を殺したりする心配もないと思いますよ」

「逆刃刀ねぇ……」

漫画でしか見たことがないが、たしかにこれなら殺傷能力はなさそうだ。

「わかった。じゃあ大会にはこのリストバンドとその刀を持って出場するよ」

「はい。僕は応援には行けませんが、佐倉さんが極力目立たず優勝されることを陰ながら祈っています」

「難しい注文だな、まったく」

とそこへ、

「閃一様、失礼いたします。お飲み物をお持ちいたしました」

ドアの外から声がかけられた。

さっき玄関前で会った九曜さんだ。

「ありがとうございます、九曜さん。あとはこちらでやりますから、ドアの前に置いておいてください」

「承知いたしました……では失礼いたします」

コトッという音がして九曜さんが立ち去っていく。

ドアを開け二つのティーカップを載せたおぼんを部屋に運び込む神代に、

「なあ、今さらだけどこのアイテムって海道も知ってるんだろ。だとしたら俺がそんな呪われたアイテムを使ってたら不審に思うんじゃないか？」

俺が問いかけると、

「海道さんは自分が気に入らないアイテムのことなどいちいち覚えてはいませんよ」

神代は事もなげに返すのだった。

第十六章　第一回トッププレイヤーバトルトーナメント開幕

そしてあっという間に日曜日がきてしまった。

大会当日の朝。というより早朝。

「佐倉《さくら》ぁー！　準備できてるかー！」

チャイムも鳴らさず家の前で俺の名前を叫ぶ人間がいた。

海道《かいどう》だ。

「ん？　朝から元気な子だなぁ」

「真琴《まこと》くん、お友達？」

「え、あ、まあ、うん……」

友達かどうかかなり微妙なところだが、父さんと義母《かあ》さんの手前一応肯定しておく。

「東京には一人で行くんじゃなかったのか？」

「うん、そのつもりだったんだけど……」

新聞を広げながら俺に視線を送ってくる父さんにそう返すと、俺は食べかけのトーストを口の中に放り込んだ。

「ごめん、もう行くよ」

「あら、いってらっしゃい」

「なんかお土産買ってきてくれな～」

義母さんと父さんに見送られながら俺は玄関へと向かう。

靴を履き玄関ドアを開けたところで、

「よう佐倉！　あんまり待たせるなよなっ」

青色の鎧《よろい》を身に纏《まと》い、大きな剣を持った海道が仁王立ちしていた。

「なんだ佐倉、その恰好《かっこう》は？　やる気あんのかっ？」

「あるって」

上下黒のジャージに白いリストバンドを身につけ、細長い刀を持った俺は海道を見上げる。

いつもは肩からかけている不思議なバッグも今日は自分の部屋に置いたままだ。

「防具がないじゃねぇか、防具がっ」

「防御力より素早さを重視したんだよ。それより俺、お前と一緒に東京に行く約束なんかしたか？」

そんな憶《おぼ》えはないのだが。

「してないぜ。でも別にいいだろっ」

「がははははっ」と大きな口を開けて笑う海道。

全然よくない。

俺は飛翔《ひしょう》魔法で東京まで飛んでいくつもりだったのに、これでは新幹線代も時間も余計にかかるじゃないか。

「さっ、行こうぜ佐倉！」

そう言って海道は俺の背中をばしっと叩《たた》くと最寄り駅に向かって歩き出す。

「はぁ～……やれやれ」

俺は仕方なく意気揚々と歩く海道のあとを追った。

☆　☆　☆

長時間列車に揺られ、何事もなく東京駅に到着した俺たちは、さらに乗り換えを経たのち、人ごみでごった返す街中を歩いていた。

「海道、お前会場の場所わかってるんだろうな」

人波をかき分けながら、俺の先をずんずんと進んでいく海道に言葉を投げかける。

「もちろんだぜっ。いいからおれについてこいよっ」

海道は振り返らずに声を張り上げた。

「そうだ佐倉っ。言い忘れてたが今日の大会の優勝賞品は〈アルカディア〉だとよっ」

ご存じのテンションで言うが、

「アルカディア？　なんだよそれ」

俺は初耳だぞ。

「小さくして持ち運ぶことが出来る豪邸らしいぜっ」

と海道。

さらに海道は続ける。

「買い取り価格は五千万円だってよ」

「五千万円っ⁉　マジかよっ……」

「ああ。おれは優勝したら速攻売るぜっ」

「五千万円か……」

俺は五千万円という言葉の響きに心が揺れ動くのを感じていた。

☆　☆　☆

バトルトーナメントに参加するプレイヤーと思われる人たちの姿がちらほら視界に入ってくるようになると、

「着いたぜっ！」

俺たちは目的地の大きな公園にたどり着いた。

東京に縁もゆかりもない俺にとって、その公園が東京では大きい部類の公園なのか、それとも普通サイズなのかはわからないが、青森ではなかなか拝めないような大きくて広い立派な公園だった。

「さ、行こうぜっ」

公園の中に入ると、石で出来た直径二十メートルほどの円形状のリングが設置されていて、その周りには剣やら盾やら鎧やらを身につけたプレイヤーたちが二、三百人ほど集まっている。

「へっ、こいつらみんな自分が優勝できると思ってるんだぜ。ご苦労なこった」

海道の挑発的な言葉に、周りにいたプレイヤーたちが一斉にこっちを振り向いてにらみつけてくる。

「おい海道、声がでかいぞ」

だが海道と俺の姿を確認するなりみんな慌てて視線をそらした。

やはりプレイヤーの間では海道も俺も一目置かれた存在になっているようだ。

「つうかよ、こんなうじゃうじゃいたんじゃ今日中に決着つけられねぇだろ、どうすんだっ？」

海道が独り言にしては大きすぎる声でそう口にした時、

「プレイヤーの皆さん、大変長らくお待たせいたしました！」

マイクを持った一人の男性がリングの上から声を発した。

そして、

「わたしは今日のトッププレイヤーバトルトーナメントの司会進行を務めさせていただきます、川《かわ》尻《じり》と申します！　早速ですが今から予選を行いたいと思います！」

自己紹介をするとともに予選の方法を説明し出す。

「予選方法は至ってシンプル、あちらに用意した機械で測定します！」

川尻さんが手で指し示した方向を見ると、そこには大きな黒いボタンが正面についた特大サイズのパンチングマシーンが、見たこともない重機によって運び込まれていた。

◇◇◇

「さあ、あちらに用意した超大型のパンチングマシーン。皆さんには一人一回パンチングマシーンを殴るなり蹴るなり好きなように思いきり攻撃してもらって、その出た数値の高い方、上位八名を本選出場者としたいと思います！」

司会進行役の川尻さんがマイクを通して俺たちに語りかけてくる。

「なお、今回用意したパンチングマシーンはレベル99のプレイヤーの〈ちから〉を基準に作った特注品ですので、ちょっとやそっとの攻撃では壊れることはありません！　実際に耐久試験を行ったところ、大人のアフリカ象の突進にもびくともしませんでしたので、ご安心ください！」

それを聞いて、

「なっ、アフリカ象だって⁉」

「レベル99を基準って、まだ99いってない奴《やつ》はどうすんだよっ？」

「え～、そもそもわたし魔法タイプなのに～っ！」

「それじゃパワータイプが圧倒的に有利じゃないかっ」

集まっていたプレイヤーたちが騒ぎ出した。

ブーブーとヤジを飛ばす。

「えー、申し訳ありませんが我々と致しましてもですね、今回が初の試みですので至らぬ点はなにとぞご容赦ください！　今後は不平不満が出ないように改善していく所存ですので！」

川尻さんは額に汗を浮かべながら続ける。

「それから事前にお伝えしていた通り武器や魔法、スキルなどは自由に使っていただいて構いません！　ですので――」

「じゃあパンチングマシーンに魔法で攻撃してもいいのかっ？」

「もちろんです！　ご自由に攻撃してくださって結構です！」

「でもなぁ、やっぱりパワータイプ――」

すると、

「ごちゃごちゃうるせぇなっ!!」

俺の隣にいた海道がプレイヤーを大声で制した。

俺はその声でちょっとだけびくっとなる。

「文句があるなら出なけりゃいいだろっ！　時間の無駄だ、自信のねぇ奴はさっさと帰れっ!!」

海道の怒号が響き渡り、辺りは瞬時に静まり返った。

はぁ～……相変わらず空気を読まずに言いたいことを言う奴だな。

だが核心を突かれたのか、その海道の一言で声を上げていたプレイヤーたちはお互いに顔を見合わせると、うつむき加減でぞろぞろと帰り始めてしまった。

「おい海道。お前のせいでどんどん人がいなくなっていくぞ」

「はっ、人数が減ってちょうどいいじゃねぇか。予選が早く終わるぜ」

悪びれた様子など一切なく、それどころかむしろ海道は褒めてくれと言わんばかりにドヤ顔を決め込む。

結局、多くのプレイヤーが予選を放棄して帰ってしまい、残ったのは四十人ほど。

「え、えー、では今から予選を始めたいと思います！　皆さんパンチングマシーンの前に一列に並んでください！」

川尻さんがアナウンスした。

「佐倉、おれたちが一番だっ」

海道がパンチングマシーンを指差し駆け出す。

「はいよ」

俺も仕方なく海道に倣《なら》った。

「ちなみにですが、我々の用意したレベル99のプレイヤーは115点でしたので、その辺りが合否の基準になるかもしれません！」

と川尻さん。

それを耳にした海道は俄然《がぜん》やる気をみなぎらせる。

「おっしゃ、じゃあおれはそいつのトリプルスコアを叩き出してやるぜっ」

腕をぐるぐると回しながらパンチングマシーンに近付いていく。

「佐倉、おれからいくぜ」

「好きにしろよ」

「見てろよっ」

そう言うと海道は持っていた大きな剣を地面に突き刺して「ふぅ」と軽く息を吐いた。

そして鋭い目つきでパンチングマシーンをにらみつけながら、

「スキル、ちから3倍化っ！」

海道は声を張り上げる。

「おらぁっ！」

ドゴオォーン！

海道の放った右ストレートがパンチングマシーンに炸裂《さくれつ》した。

その衝撃でパンチングマシーンが激しく揺れる。

それを見ていたプレイヤーたちが息を飲む。と――

ピピピピ……ピッ。

計測が終わりパンチングマシーンの上部に数字が表示された。

［３９７］

「「「おおーっ！」」」

後ろに並んでいたプレイヤーたちがどよめいた。

「はっ、３９７点か。もう一回やりゃ４００点は超えるな」

点数に不満だったのか少し渋い顔をしてみせたが、それでも海道は宣言通り基準の数値のトリプルスコアを叩き出したのだった。

「海道、今スキルを使ったのか？」

「ん、ああそうだぜ。〈ちから〉のパラメータが3倍になるスキルだ」

「3倍か……すごいな」

海道はたしか【ちから＋１００】というスキルも持っていたはずだから、そこからさらに3倍になるってわけだ。

「常時〈ちから〉が増える【ちから＋１００】とは違って、【ちから3倍化】は一定時間しか効果がないけどな」

と海道。

地面に刺していた大剣を引き抜くと続けて、

「どうせなら〈ちから〉が100倍くらいになるスキルを覚えてくれりゃあよかったのによ。もうレベルが99になった今となっちゃあ、新しくスキルを覚えるにはエクストラゲインを使うっきゃねぇしな」

海道がぼやく。

「うん？　あれ、海道もレベル99なのか？」

神代《かみしろ》がレベル99だということは聞いていたが……。

「あん？　当たり前だろ。いつまでもレベル90台でうろうろしてるかよっ」

「あー、まあ、それもそうか」

閃光《せんこう》の紅蓮団《ぐれんだん》のみんながレベル90台だったのはもう何ヵ月も前の話だからな。

とっくにみんなレベル99になっていても不思議じゃないか。

「つうかよ、国主催の大会の割にはお偉いさんとか来てねぇんだな」

海道は周りを見回しながら言った。

「カメラクルーとか記者とかの姿もねぇし、なんか張り合いがねぇよな」

「そうか？　その方が騒がしくなくていいだろ」

目立ちたがりの海道と違って、俺は人の目が少ない方が気兼ねせずにやれるから願ったりかなったりだ。

「……こほん」

その時、俺の後ろに並んでいた少年が咳《せき》ばらいをした。

それを受け、

「ほら佐倉、さっさとお前もやれよ。あとがつかえてるぜ」

あごをしゃくる海道。

「わかってるさ」

ついさっきは感情に任せて大声で怒鳴り散らしていたくせに、急に常識人ぶるなよな。

俺は後ろにいた少年に「待たせて悪かった」と一言告げてから、パンチングマシーンの前に立つ。

海道はレベル99で【ちから+100】と【ちから3倍化】を併用して397点だったな……だと
すると俺が全力で殴っても特に問題はなさそうだな。

「よしっ」

そう考え俺は持っていた刀を地面に置くと、右拳に力を込め、思いきりパンチングマシーンを
殴りつけた。

ドゴォーン！

ピピピピ……ピッ。

計測が終了、パンチングマシーンの上部に数字が表示される。

［303］

「おお、303点か。なかなかやるじゃねぇか佐倉っ」

肩に手を回してくる海道。

暑苦しいからやめてくれ。

……それにしても、半信半疑ではあったが、呪いのアイテムにより俺のパワーは間違いなく弱体化しているようだ。

「これならワンツーでそろって予選通過ってとこだな、がははっ」

「はいはい、そうかもな」

言いながら俺は刀を拾おうとして地面を見るが……刀がないことに気付く。

「あれ？」

すると、

「……これ」

後ろに並んでいた少年が刀を差し出してきた。

「あー、悪い。拾ってくれたのか。ありがとうな」

俺が刀を掴《つか》むと、

「……あなた、佐倉真琴？」

少年が言葉少なに話しかけてくる。

「え、そうだけど」

「……そう」

俺を見上げながら相槌《あいづち》を打つ少年。

そのやり取りを見ていた海道が、

「おい小僧。敬語くらい使えよな」

会話に割って入ってきた。

「お前、佐倉より小せぇんだからどうせ年下だろっ」

「海道やめとけって。俺は別に気にしてないからっ」

海道の言う通り少年は俺よりも小柄だった。

おそらく百五十センチないかもしれない。

見た目から年下であろうことは容易に想像がついた。

だが少年は、

「……ぼく、あなたたちと同じ十七歳」

小さいながらも凛《りん》とした声で言葉を紡ぐ。

「十七歳⁉　きみ同い年なの？」

「嘘《うそ》つくなよ小僧っ」

「……嘘じゃない。それにぼく小僧じゃない」

「ああん？　だったらなんだってんだっ」

「海道、ちょっと黙っててくれ」

少年は海道の迫力にひるむことなくさらに続けた。

「……ぼくの名前は桃野香織《もものかおり》」

「え？　桃野香織……って、きみもしかして女の子？」

「……そう」

こくんとうなずく少年。いや少女。

俺と海道が少年だと思っていた相手は桃野香織と名乗る少女だった。

◇◇◇

言われてみれば髪型はショートカットだが、目は大きく顔は小さく体は丸みを帯びていて、たしかに女の子に見えなくもない。

それどころかよくよく見ると、化粧をしてガーリーな服を着れば見違えるくらいの美人になりそうな気さえする。

「お前、マジで女なのかっ？」

「……そう」

「おれらと同い年か？」

「……そう」

海道の問いにも同じくうなずいてみせる。

それを聞いてバツが悪くなったのか、

「ちっ。だったら先にそう言えよな」

海道は桃野から顔を背けると、その場を離れ列の後方に移動した。

「えっと……なんか悪かったな。変な誤解して」

「……別にいい」

「そう言ってくれると助かるよ」

無表情で何を考えているのかちょっと読み取りにくい奴だが、とりあえず怒ってなさそうなので一安心だ。

「……それよりその刀、あなたの？」

そんな桃野が無表情のまま俺が持つ刀を指差し訊《き》いてくる。

「ん、そうだけど」

「……それ持って戦うの？」

「本選をか？　まあ、予選通過したらそうなるな。これは俺の武器だから」

答えると桃野は納得したのか、「……そう」とつぶやいてから、パンチングマシーンの前に歩み出た。

うーん……悪い奴ではなさそうだけどなんか変わった奴だなぁ。

でも桃野香織って名前、どこかで聞いた覚えがあるようなないような……。

そう思いながら眺めていると桃野はおもむろに両手を広げ天を見上げる。

そして、

「……スキル、召喚魔法ランク10」

小さい声で口にした。

すると直後――ぼんっと爆発音がしたかと思うと、桃野の頭上に見たこともない巨大な魔物が出現していた。

◇◇◇

桃野の頭上を翼をはためかせ浮遊する巨大な魔物。

両翼の長さは十メートルくらいだろうか、その見た目はまさしくドラゴンそのものだが。

「も、桃野、そいつはなんだ？」

俺は初めて見るその魔物を指して言う。

すると桃野はゆっくりと振り返り、

「……エンシェントドラゴン」

口を開いた。

エンシェントドラゴン？

「……ぼくの召喚魔法で呼び出した」

「そいつでどうするつもりなんだよ」

「……ぼくの代わりにこの機械を攻撃してもらう」

「え？　そんなのアリなのか？」

たしかに司会進行役の川尻さんは魔法も使っていいと言ってはいたが……。

「……駄目なの？」

「いや、わからんけど」

「……そこの人に訊いてみて」

そう言うと桃野はそばで見ていた男性係員を指差す。

お前が訊けよと思ったがまあいいだろう、訊いてやるか。

「すいません。召喚魔法で呼び出した魔物に攻撃させるのってアリですか？」

訊《たず》ねると、

「はい、問題はありませんよ」

と返ってきた。

「だそうだ」

「……聞いてた」

俺を見て小さく首を縦に振った桃野はエンシェントドラゴンとやらに目を向ける。

「……エンシェントドラゴン、お願い」

『グオオォォーッ!!』

桃野の呼びかけに答えるようにエンシェントドラゴンは鳴き声を上げた。

そして次の瞬間、びゅんと上空に舞い上がるとパンチングマシーンめがけて滑空する。

エンシェントドラゴンはその勢いのまま、
ドッシィーン!!

パンチングマシーンに体当たりをぶちかました。

それにより、アフリカ象の突進でさえびくともしないというパンチングマシーンが横転する。

ピピピピ……ピッ。

パンチングマシーンは地面に横たわりながらも計測を終えた。

［435］

「「おおーっ‼」」

列をなすプレイヤーたちが海道の時以上にどよめく。

「おい桃野、すごいじゃないか」

「……すごいのはぼくじゃなくてエンシェントドラゴン」

眉一つ動かさず返す桃野。

「ああ、そうだな。すごいなお前」

俺がエンシェントドラゴンを見上げながら声をかけると、

『グオオォォーッ』

エンシェントドラゴンは巨体を揺らしながら、自慢するかのように高らかに吠《ほ》えた。

◇◇◇

「さあ、これで皆さんの計測が終了いたしました！」

つい先ほど四十人目のプレイヤーがパンチングマシーンを殴り終え、全員の計測が終わったところだった。

「それでは本選進出が決まった上位八名の方の名前を発表したいと思います！」

川尻さんが係員から手渡された用紙を見つつアナウンスを始める。

「予選通過第一位。４３５点を獲得されました桃野香織さんです！」

「ちっ……」

俺の隣で海道が舌打ちをした。

相も変わらず負けず嫌いな奴だ。

「予選通過第二位。３９７点獲得されました海道光《ひかる》さんです！」

それから順位が次々と発表されていき、

「予選通過第三位。３８０点獲得されました備前吉宗《びぜんよしむね》さんです！」

俺は予選通過第五位、３０３点で上位八名の中に見事名を連ねたのだった。

☆　☆　☆

本選が始まる頃になると、リングの周りには沢山の人たちが集まってきていた。
みんなスマホやらカメラやらを手にしている。
さらには、カメラクルーや雑誌記者の姿も見受けられる。
その様子を見て、
「おうおう、観客が増えてきたじゃねぇか。俄然やる気が出るぜっ」
海道は腕組みをして笑みを浮かべた。
するとその時、
プップー!!

とクラクションを鳴らしながら黒塗りの高級車が公園内に入ってきた。

人込みを避けリング付近にまで来ると停車する。

そして車のドアが開くと中からスーツを着た一人の中年女性が現れた。

誰だ？

一瞬そう思うも、

「須田《すだ》議員だっ！」

周囲にいた男性の発した一言で思い出す。

「あー、あの人……」

テレビや雑誌などにたびたび取り上げられている、与党の有名な女性議員さんだ。

「須田……なんだったたっけな？」

「須田朱美《あけみ》だろっ」

海道が口にした。

「佐倉、お前マジでニュースくらい見ろよ。あのおばさん議員ならおれでも知ってるぜっ」

「わかったからもっと小さい声で喋《しゃべ》れよ」

おばさん議員なんて、本人に聞かれたら面倒だろうが。

須田議員の周りには秘書なのかＳＰなのか黒服の男たちが居並んでいる。

「それにしても何しに来たんだ？」

「国主催の大会だから、とりあえず議員を出席させて体裁を整えるってとこじゃねぇか」

俺の問いに海道が答えた。

「それと優勝者に優勝賞品のアルカディアを渡す役目とかな」

「なるほどね」

それは充分あり得るな。

須田議員が黒服の男たちを引き連れ、男性係員の案内に従い即席のステージの上に移動する。

おそらくＶＩＰ席みたいなものだろう。

一般の観客たちと距離を取りつつ試合を観戦できるってわけだ。

とそこへ、

「真琴様～っ！」

俺の名を呼ぶ少女の声がした。

聞き覚えのあるその声のした方向に目を向けると、「真琴様～っ！」と大きく手を振りながら俺のもとへと走ってくる金髪碧眼《へきがん》の少女、マリアの姿があった。

「マリアじゃないかっ⁉」

「真琴様～っ！」

駆けつけてくるなり俺の胸にぼふんと飛び込んでくるマリア。

「会いたかったですわ～っ」

「なんだ、チビッ子じゃねぇか。何してんだこんなとこで？」

海道の言葉は無視しつつ、マリアは俺の胸に顔をうずめ、ぐりぐりと頭を振る。

なんとなくだが前に会った時よりも幾分背が伸びているような気がする。

マリアの後ろからはマヤさんだったか、黒服の女性もついてきていた。

「マリア、とりあえず落ち着け」

俺はマリアをゆっくり引きはがすと、

「なんでマリアがここにいるんだ？」

顔を見ながら訊く。

「わたくし須田様とご一緒していたんですのっ」

「須田議員と？　なんだ、あの車で一緒に来たのか？」

「そうですわ」

俺と目があったマヤさんが会釈しながらマリアの後ろにぴったりとついた。

「もしかしてマリアも今日のバトルトーナメントに出るのか？」

「いいえ、わたくしは出ませんわ。今日ここに来たのはＶＩＰ兼救急救命係として呼ばれたからですわよ」

シックな黒のドレスに身を包んだマリアがよくわからないことを言う。

どうでもいいがあらためて見るとやはりマリアはいくらか背が伸びているようだった。

さらに異国の血が入っているからだろうか、マリアは年齢の割に大人っぽい顔つきになっている。

「救急救命係ってなんだ？　チビッ子」

「チビッ子チビッ子うるさいですわね、ゴリラ男っ。わたくしマリアという立派な名前がありましてよっ」

「てめぇ、誰がゴリラだこらっ」

「あなたですわ、ゴリラ男っ」

「このガキっ」

「なんですのっ」

「やめろ二人とも」

俺は二人の間に割って入る。

以前会った時は海道のことを海道様と呼んでいたマリアだったが、チビッ子と呼ばれたことに気分を害したらしく、海道相手に食って掛かっている。

自分の名前に誇りを持っているマリアのことだ、海道相手でもそこは譲れないのだろう。

「海道、悪いけど本選の対戦表を貰《もら》ってきてくれないか」

「あ？　なんでおれが――」

「頼むよ」

「……ちっ。ちょっと待ってろ」

渋々ながらも海道は係員のもとへと向かっていった。

「で、マリアはなんでここにいるんだ？」

マリアに向き直る。

「わたくしは回復魔法と蘇生《そせい》魔法が使えるので、万が一の時のために呼ばれたのですわ。真琴様がいると知っていたらもっとあでやかなドレスにいたしましたのに」

「あー、そう」

「あー、そうって……もっとわたくしに興味を持ってくださいませっ」

俺の返答が不満だったのか、マリアは頬を膨らませてみせた。

マヤさんも気のせいか不機嫌そうに見える。

するとそこへ、

「ほら佐倉、対戦表持ってきてやったぜっ」

海道が対戦表片手に戻ってきた。

そして俺にそれを一枚差し出してくる。

「悪いな」

言って受け取ると俺はその用紙に目線を落とした。

****

第一試合……海道光ＶＳ瀬戸《せと》王司《おうじ》
第二試合……時任《ときとう》士郎《しろう》ＶＳ備前吉宗
第三試合……桃野香織ＶＳ黒井《くろい》影正《かげまさ》
第四試合……神谷《かみや》・レゾナール・善人《よしと》ＶＳ佐倉真琴

****

「この表だとおれと佐倉は決勝で当たるってことだな」

「そうみたいだな」

海道が第一試合で俺が第四試合。

お互い順当に勝ち進めば決勝戦で戦うことになるわけだが……。

「真琴様はともかくゴリラ男が決勝に行けるとは到底思えませんが」

「なんだとこのガキっ。いい加減にしねぇと――」

「なんですのっ。この――」

海道とマリアが顔を突き合わせたその時だった。

「それではこれより本選を始めたいと思いますっ！　海道選手と瀬戸選手はリングに上がってくださいっ！」

絶妙なタイミングで司会進行役の川尻さんのアナウンスが公園内にこだました。

◇◇◇

「よっしゃ、早速おれの出番だなっ。おいチビッ子、見てろよ。余裕で勝ってきてやるからよっ」

「お相手の方は獲得賞金ランキング十六位らしいですわよ。せいぜい無様な恰好は見せないようにしてくださいませ」

マリアはＶＩＰだからか、俺たちの知らない情報を口にしつつ、海道に視線を返した。

「頑張れよ、海道」

俺の言葉に海道は親指を立てて不敵な笑みを浮かべると、リングへと上がっていく。

「ところでマリアはＶＩＰ席に行かなくてもいいのか？」

「わたくしは真琴様の隣がいいですわっ」

そう言うとマリアは「ふふ～ん」と俺の腕に寄りかかった。

「まあ、いいけどさ」

俺の邪魔さえしなければマリアの好きにしたらいい。


「海道選手、瀬戸選手、準備はよろしいですか！」

川尻さんにマイクを向けられ、

「もちろんだぜっ」

海道が答えた。

「おれもだ。いつでもいいよ」

二十代半ばであろう瀬戸さんもやる気に満ちた顔で返す。

装備している鎧や剣からして海道と似たような戦士タイプかもしれない。

甘いマスクのおかげだろう、観客からは海道への声援と同じくらいの声援が瀬戸さんにも飛んでいる。

「制限時間は三十分！　降参するか戦闘不能、または場外で負けとなります！　それでは第一回トッププレイヤーバトルトーナメント、第一試合、始めっ！」

川尻さんの合図とともに海道、瀬戸さんの両者ともがリングを蹴ると、相手に向かって一直線に駆け出した。

ガキンッ！

ぶつかり合った両者の剣が交錯すると、海道は早々と勝負をつける気なのか、瀬戸さんに連撃を浴びせる。

「おらおらぁっ！」

「くっ……」

そんな海道になんとか応戦する瀬戸さん。

海道が剣道の有段者であることを考えると瀬戸さんもなかなかの実力者のようだ。

「どうしたっ、防戦一方かっ」

だが海道の方が優勢らしく、挑発しながら相手をリングの縁まで追い込んでいく。

「もうあとがないぜっ」

海道の放った言葉通り、瀬戸さんは場外ギリギリに追い詰められていた。

「くっ」

後ろを一瞬だけ振り返り、

「……仕方ない」

そう声をもらすと瀬戸さんは「ワルツを踊れっ！」と叫んだ。

「あぁん？　何言ってやがるっ」

「ここから本気を出すって意味さっ」

直後、瀬戸さんの剣撃が鋭さを増す。

「うおっ⁉　なんだっ」

瀬戸さんの素早い剣さばきに海道がひるんだ。

その隙を見逃さず瀬戸さんが反転攻勢に打って出る。

剣を交えながら、

「まさか一回戦で本気を出すことになるとは思わなかったよっ」

瀬戸さんが余裕の表情で海道に話しかけた。

「……てんめぇ、本当に手加減してやがったってのかっ」

「そうだよっ」

いつの間にか形勢は逆転し、剣道の有段者であるはずの海道の方がリング際に追いやられている。

「ちっ……だったらおれも本気を出すぜっ」

そう言うと海道は、

「スキル、ちから3倍化っ！」

大声で発した。

そして、
ガキィィーン！

海道は瀬戸さんの持っていた剣を力任せにはじき飛ばしたのだった。

「はっ。武器がなくなったぜ、降参するか？」

「……いや、まだだよ」

瀬戸さんはにやりと笑う。

するとどういうわけか海道の左後方にはじき飛ばされた剣が宙でぴたっと止まると、ひとりでに海道めがけて戻ってきた。

そして背後から海道に斬りかかる。

「っ⁉」

海道は一瞬早く後ろから迫りくる剣に気付き、それをまたもはじき飛ばすが、やはり剣はひとりでに動き出して海道を襲った。

「くそっ、なんだこの剣はっ！」

目にも留まらぬ速さの剣撃をはじきながら海道。

「ふははっ。その剣は〈ダンシングソード〉といって、合言葉を唱えると意思を持って勝手に攻撃してくれる便利な剣なのさっ」

言うと瀬戸さんは腰から短剣を抜き海道に向かっていった。

前と後ろから挟み撃ちにされた形の海道はイラ立ちを隠そうともせず、

「正々堂々勝負しやがれ、この野郎ーっ！」

「心外だな。ちゃんと勝負してるじゃないか」

「ふざけやがってー！」

涼しい顔をした瀬戸さんに向き直る。

だがその瞬間、ダンシングソードの一撃が海道の足を斬り裂いた。

「ぐあっ！」

浅かったのか血はほとんど噴き出なかったが、それでも海道はリングに膝をついてしまう。

「今だっ」

瀬戸さんが海道の顔面めがけて膝蹴りを繰り出した。

が、その時、

「スキル、火炎魔法ランク10っ！」

海道が瀬戸さんに手を向け、大きな炎の玉を発射した。

「うあぁぁーっ……！」

超至近距離で炎の玉の直撃を受けた瀬戸さんがもだえ苦しみながら場外に飛び出すと、待機していた係員たちが瀬戸さんに消火器をこれでもかと浴びせる。

その光景を立ち上がった海道が見下ろす。

「……ちっ。剣だけで勝負するつもりだったのによ」

「じょ、場外っ！　海道選手の勝利ですっ！」

その直後、川尻さんによって海道の勝利を告げるアナウンスが公園内に響き渡った。

◇◇◇

「どうだ、余裕で勝ったぜっ」

リングを下りた海道がドヤ顔で俺とマリアのもとに戻ってくる。

「怪我《けが》してるくせによく言いますわ」

「平気か？　海道。マリアに治してもらうか？」

「こんな傷たいした事ねぇって。それよりもう次の試合が始まるぜっ」

海道がリングを振り返って言った。

俺もマリアもリング上に視線を向ける。

そこには二人の男性の姿があった。

一人は刀を持った四十歳前後の袴姿《はかますがた》の男性で、もう一人は二十歳くらいの戦国武将のような恰好をした男性だ。二人とも眼光鋭くお互いを見合っている。

「さあ、これより第二試合を始めたいと思います！　時任選手、備前選手、準備はよろしいですねっ？」

「無論だ」

「構いません」

時任さんと備前さんの返事を受けて、

「それではまいりましょう！　第二試合、始めっ！」

川尻さんが声を上げた。

その瞬間、時任さんが駆け出し、

「はっ！」

高速で抜刀する。

だが、

キィィーン！

備前さんは時任さんの動きに即座に反応し、なぎなたのような長い刀でこれを防いだ。

キィン！　キィン！　と刀のぶつかる音がリング上で鳴り響く。

両者刀で牽制《けんせい》し合《あ》うが、徐々に備前さんがペースを摑んで時任さんを圧《お》していく。

すると刀の勝負は分が悪いと思ったのか、時任さんが刀を投げ捨てた。

そして、

「スキル、結界魔法ランク８っ」

自身の周りにピンク色の結界を張った。

「このっ」

備前さんが刀を振るう。

だが結界がバリアの役目をはたして攻撃を通さない。

「くっ……」

それどころか結界はどんどん円状に広がっていきリングを埋め尽くしていく。

それによって備前さんは結界に押し込まれてあとがなくなってしまった。

「悪いが場外に出させてもらうぞ」

時任さんが勝利を確信し笑みを浮かべる。

一方、絶体絶命の備前さんだがこちらもにやりと笑った。

そして備前さんも魔法を唱える。

「スキル、複写魔法ランク10っ！」

その途端、備前さんの周囲にピンク色の結界が出現した。

「な、なにっ⁉」

驚く時任さんの結界を備前さんの結界がぐぐぐっと押し込んでいく。

「なぜわたしと同じ魔法をっ⁉　し、しかもわたしより力が強いっ……」

「おれの複写魔法は直前に見たスキルや魔法をコピーすることが出来るんだっ。それもランク10の威力でなっ」

「な、なんだとっ……！」

同じ結界魔法だがランクにより威力の違いが歴然とあらわれたことにより、時任さんは自身の持つ結界魔法であえなく場外に押し出されてしまった。

「場外ですっ！　勝者、備前選手っ！」

「くっ……無念っ」

時任さんが悔しがる中、

「よし、まず一勝だ」

備前さんが準決勝進出を決めたのだった。

◇◇◇

「では続いて第三試合は桃野選手と黒井選手の戦いです！　両者リングに上がってください！」

川尻さんのアナウンスで二人ともリングに上がる。

相対する二人。どちらもミステリアスな雰囲気を漂わせている。

桃野はフード付きの白いローブを身に纏い、手には指揮棒のような小さな杖《つえ》を持っていた。

一方の黒井さんは三十代くらいの大柄な男性で黒いロングコートを羽織っていた。

ロングコートのポケットに両手を突っ込み、不気味な眼差《まなざ》しで桃野を見下ろしている。

「あの桃野様は先ほどの備前様と同じく、獲得賞金ランキングの上位の常連の方ですわね」

俺にもたれかかりながらマリアが口にした。

その言葉で俺はハッとなる。

「あー、そうか。桃野香織ってどこかで聞いた名前だと思ったら、ランキングで見た名前だったのか！」

「真琴様、今お気付きになったのですか？　桃野様も備前様もプレイヤーならお名前くらいはご存じでも不思議ではないほど有名なお二人ですわよ」

「へー、そうなのか。まあ、桃野のことは少しだけ気になってたから、わかってすっきりしたよ」

「なっ、き、気になってたとはどういう意味ですの？　真琴様っ」

慌てた様子でマリアが声を上げる。

「ま、まさか真琴様はあのような女性がタイプなんですのっ」

振り向くとマリアは手をばたつかせながらうるんだ瞳を俺に向けていた。

「タイプ？　なんだよそれ。なんの話だ？」

「だ、だからっ、真琴様はわたくしのように可憐《かれん》な女性よりあのようなボーイッシュな女性の方が――」

とそこで「それではお二人とも準備はよろしいですね……では第三試合、始めっ！」と川尻さんのマイクアナウンスが耳に入ってくる。

「おっと、試合が始まったみたいだぞ」

「い、今は試合よりもお話の続きをっ――」

「こらこら。マリアは一応ＶＩＰなんだから、ちゃんと試合を観《み》とかないとマズいだろ？」

「そ、それはそうですけれど、でも――」

「一緒に観よう。な？」

「……むぅ」

マリアはまだ何か言いたそうだったが、どうやら納得してくれたようで、口をとがらせつつもリングに顔を向けた。

よかった。ＶＩＰ兼救急救命係として招待されていて、半ば仕事中でもあるマリアの邪魔を俺がするわけにはいかないからな。

不服そうなマリアの横顔を見たのち俺もリングに視線を移す。

すると、試合が始まってすでに数十秒が経過していたにもかかわらず、リング上の両者はお互いをみつめたまま動かないでいた。

「ど、どうしましたかっ？　試合は始まっていますよっ」

マイクを通さず川尻さんが二人に声をかけると、

「香織ちゃんでしたっけ？　こちらからいってもいいですか？」

「……いい」

そこで二人ともようやく口を動かす。

さらに黒井さんは、

「スキル、粉塵《ふんじん》魔法ランク10っ」

と唱える。

その瞬間、リングの周りを覆うように黒い塵《ちり》が舞い、視界が悪くなってしまった。

塵の中に身をひそませる黒井さん。

「ふふふ……」

だが桃野は至って冷静だった。

桃野は杖を掲げて、

「……スキル、召喚魔法ランク10」

予選で見せた魔法を発動させる。

直後、ぼんっという爆発音とともに桃野の頭上に巨竜が出現した。

――エンシェントドラゴンだ。

エンシェントドラゴンは、

『グオォォーッ!!』

と鳴き声を上げると両方合わせて十メートルはあろうかという翼を大きく羽ばたかせる。

それによって巻き起こる突風が粉塵を吹き飛ばした。

さらにその突風が黒井さんをも襲う。

びゅおぉぉーっ。

「ぶあぁ～っ……！」

どんっ。

見せ場も作れないまま黒井さんはあっけなく場外に落ちてしまった。

それにはさすがに周りの観客たちも、声を出すことなく唖然《あぜん》としている。

「じょ、場外っ！　桃野選手の勝利ですっ！」

こうして三人目の準決勝進出者が桃野に決まった。

それにしても黒井さん、あんなのでよく予選を勝ち残れたな。

◇◇◇

「さあそれでは、第四試合を始めたいと思います！　神谷選手、佐倉選手、リングに上がってください っ！」

川尻さんに名前を呼ばれた。

「真琴様、頑張ってくださいませ」

「佐倉、こんなところで負けんなよっ」

「ああ、行ってくる」

俺がリングに上がるとすでに神谷さんはリング上にいて、分厚い本を片手で持ちながらぺらぺらとページをめくっていた。

神谷さんは五十代くらいの細身の黒人男性で、神父だか牧師だか俺には判別の出来ない恰好をしている。

「お二人とも準備はよろしいですかっ？」

「ええ、わたしは構いませんよ」

「俺も大丈夫です」

「ではまいりましょう！　第四試合、始めっ！」

試合開始の掛け声とともに俺は神谷さんを見据えて刀を構えた。

だが、

「……？」

神谷さんは戦う気がないのか、目線を下に落としたまま本のページをめくり続けている。

「あの～……」

そんな神谷さんを見て俺は思わず声をかけた。

「試合、もう始まってますけど……」

「………」

返事はない。

「何してんだ佐倉っ、さっさとやっちまえよっ！」

海道の怒声が飛ぶ。

なんかやりにくいなぁと思いつつも俺は刀を持つ手に力を込めた。

俺の持つ刀、スキル断ちは逆刃刀だから神谷さんを殺《あや》めてしまうことはないだろう。

そう考え俺は一気に距離を詰めると、うつむき加減の神谷さんに向かって刀を振り下ろした。

ドゴッ。

「ぐあぁっ……！」

俺の一撃は無防備な神谷さんの左肩を強打した。

「うぐっ……」

膝から崩れ落ちる神谷さん。

それでも本は手放さないでいる。

なんだろう、この人？

本当に戦う気がないのか……？

俺はこれでいいのだろうかと助けを求めるように司会進行役の川尻さんに目を向けた。

するとその時、俺の足元で膝をついていた神谷さんが、

「か、神よ、この者とそして我をゆるしたまえ……スキル、聖光魔法ランク10っ」

言葉を発する。

その瞬間、雲一つない晴れ渡った空が急にまばゆく輝き出したかと思うと、聖なる光が天より降り注いだ。

「あぶねっ！」

間一髪、空から降ってきた光線を避けると地面に当たってジュウゥッと光が消える。

しかしそれで終わりではなかった。

魔法は一度しか唱えていないはずなのに、聖なる光は何本もの柱のように俺の頭上へと次々落ちてきた。

スキル断ちを握り締めている今、俺の魔法耐性はゼロに等しい。

この聖光魔法をくらったらどうなるか俺にはまるで見当がつかない。

天より降る光線をぎりぎりのところで回避しながら神谷さんを盗み見ると、神谷さんはまたも涼しげな顔で本のページをめくっていた。

こんな時まで読書かよっ……ずいぶん余裕じゃないか。

さっきは無防備すぎて手を抜いてしまったが、そっちがその気なら容赦はしないぞ。

俺はリングを強く蹴ると一足飛びで神谷さんの懐に飛び込んだ。

ギョッとした顔を見せる神谷さんに「にっ」と笑ってみせる俺。

直後、天よりの光線が俺のもとへと降り注ぐ。

それが当たる寸前、俺は後ろに跳んで回避したが神谷さんは動けず、聖光魔法の直撃を受けた。

「ぐあぁぁぁっ……!?」

神谷さんが光の柱に包まれ悲鳴を上げる。

そして、

「……あ、ぁぁ……か、神よ……」

光が消え去ると神谷さんは震える足で一歩、二歩歩いたところでリングにどさっと沈んだ。

神谷さんに駆け寄る川尻さん。

神谷さんの首に手を当て、

「……神谷選手は気を失っています！　勝者は佐倉選手ですっ！」

俺の勝利をアナウンスした。

◇◇◇

自らの聖光魔法によって気絶した神谷さんを横目で見ながら俺はリングを下りた。

「真琴様〜、やりましたわねっ」

「ああ、ありがとう」

笑顔で飛び跳ねるマリアに迎えられる。

だが海道は、

「手加減しやがって。本当なら最初の一撃で決まってたはずだぜっ」

不満気に口にした。

「しょうがないだろ。無防備すぎて逆に本気で攻撃できなかったんだから」

「はっ、甘い奴だな。そんな性格じゃそのうち痛い目見るぜ」

「かもな」

そう言われてもこれが俺の性格なんだから変えようがない。

「まあ、とにかくこれでお互い次の試合を勝てば決勝でやりあえるってわけだな。今から楽しみだぜっ」

と海道。

「気が早いんじゃありませんこと？　真琴様はともかく海道様は次の試合勝てるかどうか」

「馬鹿言えっ。おれが負けるわけねぇだろうが」

海道がマリアを見下ろしながら言ったところで、

「これより準決勝第一試合を始めたいと思います！　海道選手、備前選手、どうぞリングの上にお上がりください！」

川尻さんに呼ばれた。

「見てろよ、二人とも。速攻で決勝行きを決めてきてやるからなっ」

「よ〜く見ていますわ」

「ああ、わかったよ」

海道はやる気をみなぎらせてリングへと向かっていく。

反対方向からは備前さんがリングに上がるところだった。


「さあ、それでは準備はよろしいですねっ！」

リング上で視線を交わす海道と備前さんに声をかける川尻さん。

「いいぜっ」

「もちろんですっ」

「では……準決勝第一試合、始めっ！」

「スキル、火炎魔法ランク10っ！」

開始の合図と同時に海道が先手必勝とばかりに魔法を唱えた。

大きな炎の玉が海道の手より発射される。

だが備前さんも、

「スキル、複写魔法ランク10っ！」

素早くやり返した。

備前さんの手から海道が放った炎の玉と同等の大きさの炎の玉が飛び出す。

ドオオォォーン！

空中でお互いの炎の玉がぶつかり合って相殺された。

熱風が吹きすさぶ中、海道は続けて、

「スキル、ちから3倍化っ！」

〈ちから〉の数値を一定時間3倍にするスキルを発動させると備前さんへと向かっていく。

備前さんも負けじと、

「スキル、複写魔法ランク10っ！」

発して海道を迎え撃った。

がしっと海道と備前さんが両手を組み合う。

「うおおおぉぉーっ！」

「はあぁぁーっ！」

パワーアップした海道に引けを取らない備前さん。

ランク10というものがどの程度反映されているのかはわからないが、備前さんも複写魔法とやらで相当パワーアップしているようだった。

ぐぐぐっと徐々に海道が圧され始めた。

すると海道は備前さんに前蹴りをくらわせ距離を取る。

そして腰に差していた大きな剣を抜いた。

「この猿真似《さるまね》野郎がっ！」

「ふんっ、これがおれの戦い方だっ」

受けて立つとばかりに備前さんも背中のなぎなたのような長い刀を掴む。

「行くぜっ！」

「来いっ」

ガキィン！

ガキィン！

ガキィン！

・
・
・

剣と刀が火花を散らし両者互角の攻防が続いた。


「スキル、ちから3倍化っ！」

「スキル、複写魔法ランク10っ！」

お互いにスキルを常時使用し続けることで、二人はパワーアップした状態を維持しつつ戦い続ける。

結果として二人の勝負は熾烈《しれつ》を極め長時間に及んだ。

そして――

「はぁっ、はぁっ……スキル、ちから3倍化っ……！」

海道が幾度目かの【ちから3倍化】のスキルを発動しようとした時、

「っ⁉　くっ……くそっ」

海道は力なくこぼす。

「はぁっ、はぁっ……ふははっ。ＭＰが切れたみたいだな。はぁっ。スキル、複写魔法ランク10っ……な、何っ⁉」

「はっ。てめぇもＭＰ切れじゃねぇかっ……これで五分と五分だっ」

「いいや、違うね……おれはほらっ」

備前さんはどこに隠し持っていたのか、数枚の魔草を手にしていた。

「なっ⁉　て、てめぇ……！」

「はぁっ、この大会はなんでもアリだ……」

そう言うと息を切らしながらも備前さんは魔草を口に運ぶ。

もぐもぐ、もぐ……ごくん。

「ふぅ～……これで勝負あったようだね。スキル、複写魔法ランク10っ……！」

「くっ、くそがぁっ……！」

ぎりぎりと歯ぎしりをしつつ吐き捨てる海道。

その表情からは自らの負けを悟った悔しさがありありとにじみ出ていた。

そして、ここまでの戦いぶりからして結果は火を見るよりも明らかだった。

……ドサッ。

「しょ、勝者、備前選手っ！」

川尻さんが高らかに勝利者を伝えるさなか、場外にはじき飛ばされて地面に仰向けになって倒れていた海道は、ただ真っ青な空を見上げていた。

◇◇◇

「……海道、大丈夫か？」

「ふんっ。あれだけ大口叩いておいてざまぁねぇな」

俺たちのもとに戻ってきた海道が口にする。

「海道も魔草を持っていれば結果は違ったかもな」

「真琴様、そういうフォローは海道様を余計みじめにさせるだけですわよ。相手の方が一枚上手だった、それだけですわ」

とマリア。

そういえば海道と同じでマリアも思ったことを口にするタイプだった。

「おいマリア、さすがにそれは――」

「いや、佐倉。そいつの言う通りだ。相手の方がおれよりも一枚上手だったってことだ」

いつになく素直な海道。

「……佐倉、悪いがおれは一足先に帰るぜ。戻ってまた一から鍛錬だ」

「そっか……わかった」

海道は「またな」と言い残すと俺とマリアを置いて歩き去っていった。

「海道、大丈夫かな……？」

いつもより小さく見える海道の背中を見送りながらつぶやくと、

「海道様は精神的に強い方ですから問題ないですわよ」

マリアが答える。

さらに、

「わたくしはむしろ真琴様のお優しすぎる性格の方が心配ですわ」

マリアは俺の目をみつめ言った。

「なんだよ。俺はそんなに優しくはないぞ」

「はぁ～、そう思っているのは真琴様だけですわよ」

少々呆《あき》れ気味に返すマリア。

とその時、

「それではこれより準決勝第二試合を始めたいと思います！　桃野選手と佐倉選手はリングに上がってください！」

川尻さんのアナウンスが公園内に響き渡った。

「真琴様、頑張ってくださいませ」

「ああ」

「よろしいですか？　相手が可愛《かわい》い女性だからといって情けは無用ですからねっ」

「お、おう」

鋭い目つきで釘《くぎ》を刺してくるマリアに戸惑いつつも答えると、俺はリングへと向かう。

リングの中央付近に立つと、背の低い桃野がよじ登るようにしてリングに上がってきた。

そして無表情のまま目の前までとことことやってくると、

「……お待たせ」

俺を見上げる。

「さあ、では行きますよ！　これより準決勝第二試合、始めっ！」

川尻さんの威勢のいいアナウンスで準決勝の第二試合、桃野と俺との勝負が幕を開けた。

◇◇◇

試合が始まると桃野は後ろに一歩下がった。

そして、

「……スキル、召喚魔法ランク10」

持っていた小さな杖を掲げ召喚魔法を発動させる。

直後、ぼんっという爆発音とともにエンシェントドラゴンが桃野の頭上に姿を見せた。

『グオオォォォーッ!!』

頭のてっぺんから尻尾の先までで十メートルはゆうにありそうな巨体を、大きな翼をはためかせ宙に浮かせている。

「……エンシェントドラゴン、あの人を死なない程度にやっつけて」

桃野が俺を指差した。

それを受けたエンシェントドラゴンは、

『グオオォォーッ!!』

一つ咆《ほ》えると大きな翼を思いきり羽ばたかせる。

すると突風が俺に襲い掛かってきた。

「うおぉっ……!?」

俺はとっさに重心を落として身構えるとこれをなんとか耐えた。

「きゃあぁーっ」

「うわぁぁーっ」

俺の後ろの観客たちが悲鳴を上げるが知ったことか。

突風を防いだ俺に向かって、

『グオオォォーッ!!』

今度はエンシェントドラゴンが口から直径一メートルほどの炎の玉を吐いた。

ボオォーン！

スキル断ちのせいで【魔法耐性（強）】の効果が期待できない俺は一瞬早く炎の玉を避ける。

『グオオォォーッ!!』

だが、なおもエンシェントドラゴンは空中から炎の玉を吐き出し続けた。
ボオォーン！
ボオォーン！
ボオォーン！
俺はそれらをかわしながら視界の端に無防備にただ突っ立っている桃野をとらえる。
そうだ！　何もエンシェントドラゴンを倒す必要はない。
桃野を場外にふっ飛ばせばいいだけだ。
そう思い、俺は炎の玉を避けつつ桃野に向かって駆け寄っていく。
だが桃野は俺の考えに気付いたようで、
「……スキル、飛翔魔法ランク３」
ふわりと浮き上がるとエンシェントドラゴンの背中に飛び乗った。
なっ⁉
あいつも飛翔魔法を使えるのかっ……？
驚いていた俺にさらに追い打ちをかけるかのように桃野が、
「……スキル、隕石《いんせき》魔法ランク２」
と唱えると野球ボールほどのつぶてが空から無数に降ってきた。
「うおっ⁉」
ドォン！
ドォン！

ドォン！

・・・

リングに当たったつぶてが砕け散る。

リングには小さいクレーターのようなものがそこかしこに出来上がっていった。

『グオオォォーッ!!』

「……スキル、隕石魔法ランク２」

エンシェントドラゴンと桃野による炎とつぶての雨が降り続ける中、俺はなす術《すべ》なくただ逃げ回るだけ。

どうする……？

スキルがあればいくらでも対応できるが、スキル断ちと虚弱バンドを身につけている今の俺にはどうしようも出来ない。

降参するか？

そう諦めかけるもエンシェントドラゴンたちの高さは十メートルほど。

もっと高く飛ばれていたら諦めもついただろうが、今の激減したパラメータでもジャンプすれば届かない距離ではないかもしれない。

そう考え、俺はいちかばちかエンシェントドラゴンと桃野の攻撃の瞬間、思いきりリングを蹴って全力で飛び上がった。

「うおぉぉーっ」

「……っ⁉」

『グオォォ⁉』

桃野までは届かなかったものの、エンシェントドラゴンの尻尾にはなんとか手が届いた俺は、そのままエンシェントドラゴンの尻尾をがしっと摑むと、振り落とそうと暴れるエンシェントドラゴンの尻尾をよじ登っていき、背中に飛び移る。

宙を舞うエンシェントドラゴンの背中の上で再び相対する俺と桃野。

「……っ」

桃野は杖を振りかざして何か口にしようとしたが、

「遅いっ」

俺は桃野の腹に拳を打ち込むと桃野を気絶させた。

桃野が気を失ったからだろうか、エンシェントドラゴンが消えていく。

俺は桃野を抱きかかえたままリング上にすたっと下り立った。

「川尻さん、こいつ気を失ってますけど……」

伝えると、

「しょ、勝者、佐倉選手！」

川尻さんによって勝ち名乗りが上げられたのだった。

◇◇◇

「……ぅん……」

「真琴様、気がつかれたようですわよっ」

リングから離れた場所にあったベンチに寝かせていた桃野が目を覚ましたらしく、マリアが俺の肩を叩く。

「おっ本当だ。大丈夫か？　桃野」

「…………問題ない」

桃野は周りを少しきょろきょろしてから返した。

「そっか」

「それでは間もなく決勝戦を始めたいと思います！　備前選手と佐倉選手はリングに上がってください！」

マイクを通して川尻さんの声が届いてくる。

「真琴様、もう決勝戦が始まりますから真琴様は行ってくださいませ」

「そうか、悪いな」

俺はマリアと起きたばかりの桃野を見下ろすと、

「じゃあ行ってくる」

刀を持ってリングに向かっていった。

☆　☆　☆

準決勝での桃野の隕石魔法によってボロボロになったリング上には、すでに備前さんがスタンバイしていた。

「すいません、お待たせしましたっ」

「全然いいよ」

備前さんは手を振り笑顔で返す。

続けて、

「それにしてもおれはラッキーだね。なにせプレイヤーとして人気も実力もある海道くんと佐倉くんを倒して一気に名を上げられるんだからね」

俺に勝つ気満々でいる備前さん。

それに対して「は、はぁ」と俺は苦笑いを浮かべて返すのみ。

備前さんは余程自信があるらしい。

「備前選手と佐倉選手が揃《そろ》ったところで、なんと須田議員からお言葉をいただけるということなので須田議員にもリングに上がってきていただきましょう！」

「「「おおーっ」」」

観客たちから歓声が上がった。

須田議員は与党議員の中でも若者に特に人気があると聞いたことがあるからな。当然の反応かもしれない。

ハイヒールをカツカツと鳴らしながら黒服の男性たちとともにリングまでやってくると、須田議員は川尻さんの手を借りてリングに上がる。

そして足場の悪い中、俺と備前さんのもとまで歩み寄ってきた須田議員は、川尻さんから手渡されたマイクを口元に当てた。

「まずはこの国主催での新しい試みであるトッププレイヤーバトルトーナメントに参加してくださった皆様、そして足を運んでくださった皆様にお礼を申し上げたいと思います。本日はどうもありがとうございます」

続けて、

「前述の通りこの大会は政府としても新しい試みですので至らぬ点もあるかとは思いますが、将来的にはもっと大規模なものにして、より国民の皆様に親しまれる大会となりますよう一層努力してまいりたいと思っておりますので、皆様のご尽力のほどよろしくお願い致します」

リングの周りにいる観客全員と目を合わせるかの如《ごと》く、ゆっくりと視線を動かしながら言葉を紡いでいく。

「そして決勝に残ったお二人には、これまで以上に素晴らしい戦いを期待したいと思います。優勝賞品のアルカディアを手にするのはお二人のうちの果たしてどちらなのか、童心に返った気持ちで、ハラハラドキドキしながら見させていただきたいと思います」

言うと須田議員は、拍手をする観客たちに向かって一礼したのち、川尻さんにマイクを託し、黒服の男性たちとともにリングを下りていった。

マイクを受け取った川尻さんが、

「えー、それではこれより決勝戦を行いたいと思います！　両者とも準備はよろしいですね！」

俺たちに目をやる。

「いいですよ」

「俺も大丈夫です」

備前さんと俺が答えると、

「では決勝戦、始めっ！」

公園内に川尻さんの声が響き渡った。

◇◇◇

試合開始早々——

「はあぁっ！」

俺は刀を振りかぶり備前さんに向かっていった。

備前さんは俺から距離を取りつつ、なぎなたのような長い刀で俺を牽制する。

キィン。

キィン。

海道との試合を見た限りだと備前さんは剣術の心得がありそうなので、正直刀での戦いは分が悪いかもしれないが、それでも俺はスキル断ちによってスキルをまったく使えない以上こうやって攻めるしかない。

キィン。

キィン。

おそらく俺の〈ちから〉や〈すばやさ〉といったパラメータは、スキルを使用していない状態の備前さんのそれよりは上のはずだから、力押しでも勝てる可能性はあると思う。

キィン。

キィン。

それこそあの長い刀さえなんとかすれば充分勝機は見えるはずだ。

キィン。

キィン。

そう考えながらも、長い刀で上手《うま》くいなされ間合いが詰められないでいると、

「きみはスキルを使わないのかいっ」

備前さんが口を開いた。

「だってスキルを使ったらあなたにコピーされてしまうじゃないですかっ」

俺は備前さんに食らいつきながら答える。

本当のところは、スキル断ちという刀を握っている間は一切のスキルが使用不能になってしまうというだけなのだが、それを知らない備前さんにはいかにもな返事をしておいた。

キィン。

キィン。

「まいったなっ。だからトーナメントは嫌だったんだっ」

俺の太刀筋をまるで見切っているかのように俺の刀は備前さんには届かない。

キィン。

キィン。

「正直言うとおれのスキルは複写魔法しかないんだよっ。だから相手が何かスキルを使ってくれないと困るんだっ」

だが備前さんの刀もまた俺の〈すばやさ〉の前では当たらないでいた。

キィン。

キィン。

どっちつかずの勝負が続く中、俺は少しずつではあるがだんだんと備前さんの攻撃に目が慣れてきていた。

そしてそれと同時に備前さんの攻撃パターンも読めてきた。

俺が刀を大きく振りかぶると、備前さんは間違いなくガラ空きになった俺の腹を突いてこようとしてくる。

なのでそこをうまく狙って備前さんの長い刀をはじいてやる。

キィン。

キィン。

キィン。

大きく振りかぶって――

「今だっ」

俺は腹に迫りくる刀を渾身《こんしん》の力を込めて思いきりはじき飛ばした。

ガキィイーン！

備前さんの持っていた刀が、カランカランッと音を立ててリングを滑りながら場外に飛んでいった。

「なっ⁉」

俺に攻撃を読まれるとは思っていなかったのだろう、備前さんが驚愕《きょうがく》の表情を見せる。

「さあ、これであなたは正真正銘丸腰ですよ。まだ続けますか？」

俺は刀の切っ先を備前さんに向けた。

「ふはっ、まいったねこれは……どうしようかな？」

両手を上げながらじりじりとリングの縁に向かって後ずさりする備前さん。

降参のポーズのつもりだろうか。

すると、

「でも、このまま負けるのはしゃくだね……ってことでスキル、複写魔法ランク10っ！」

備前さんは何を思ったのか複写魔法を唱えた。

刹那、ゴゴゴゴォーッと空から轟音《ごうおん》が聞こえてきた。

見上げると、リングとほぼ同等のサイズの巨大な隕石が、上空からこちらに向かって落ちてきているではないか。

「げっ……！　ちょっ、何考えてるんですか、備前さんっ！」

「おれが直前に見た魔法は桃野さんの隕石魔法だったからねぇ。いやあ、ランク10だとかなり大きいね～」

備前さんは手を額にかざしてのんきに空を見上げている。

もしかして相打ち狙いか……？

でもあんなものが落ちてきたら俺も備前さんもリングごと潰れて無事じゃ済まないぞ。


ゴゴゴゴォォーッ！


ものすごい速さで落下してくる巨大隕石。

近付いてくるにつれてその大きさがはっきりとわかってくる。

高速で落ちてきている隕石は俺の見立てを超え、リングよりもさらに一回り大きいようだった。

「み、皆さん、避難してくださいっ！」

危険を察知した川尻さんが慌てて叫ぶ。

「「うわぁー！」」

「「きゃあー！」」

観客たちが声を上げ逃げ惑うさなか、

「備前さんっ、どうするつもりですかっ」

俺は備前さんに向かって声を飛ばした。

「さあ、どうしようかな～。それより佐倉くんは避難しなくてもいいのかい？」

まるで他人事《ひとごと》のような気のない返事。

巨大隕石はもうすぐそこまで迫ってきていた。

あれが激突したら俺も備前さんもただでは済まない。

逃げ遅れた観客がいれば彼らにも被害が出るかもしれない。

俺は超高速で落下してくる巨大隕石をにらみつけ、

「……くっ、仕方ないっ」

刀を投げ捨てると両手首につけていたリストバンドも外す。

それを見て、

「ん？　お、おいっ、何やってるんだ。まさか迎え撃つ気かっ？　無茶だ、死ぬぞ佐倉くん！」

驚きの表情に変わった備前さんと、

「佐倉選手、逃げてくださいっ！」

川尻さんの必死の呼びかけが耳に入ってくる中、今まさにリングごと俺と備前さんを圧し潰さんとしている巨大隕石めがけて、俺は跳び上がりながら全力で右拳を突き出した。


「うおおおぉぉぉーっ！」

ドゴオオオォォォォォーン！！！


──ぱらぱらと巨大隕石の破片がリングに飛び散る中で、リング外に避難していた川尻さんがゆっくりと顔を上げる。

そして、同じくリング外に逃げていた備前さんを確認してから、リング上の俺を指差し、高らかにこう宣言した。

「だ、第一回トッププレイヤーバトルトーナメントの優勝者は、佐倉選手ですっ‼」

◇◇◇

「……す、すごいね、きみ。おれ、チキンレースをしかけたつもりだったんだけど、まさかあの巨大な隕石を破壊してしまうとは思わなかったよ……」

畏敬と畏怖の感情が入り混じったような顔をして、備前さんが近寄ってくる。

「いやあ、火事場の馬鹿力ってやつですね、きっと。俺も自分のことながらびっくりしてますから」

「そ、そっか。火事場の馬鹿力か……そっかそっか」

自らを納得させるように備前さんは何度もうなずく。

俺はリングに投げ捨ててあった刀とリストバンドを拾い上げると場外を見渡した。

さっきまでいた観客たちは巨大隕石を見て全員避難したのだろう、みんないなくなっていた。

「それでは優勝賞品の授与を行いたいと思います！　須田議員、お願い致します！」

川尻さんに名前を呼ばれ、少し離れたＶＩＰ席に腰を下ろしていた須田議員はスッと立ち上がると、黒服の男性たちを連れてリングに向かって歩いてくる。

川尻さんからマイクを受け取った須田議員は俺に顔を向けた。

「素晴らしい試合でした。これからも日本国、ひいては世界のためにダンジョンを攻略してくれることを期待しつつこのアルカディアを贈りたいと思います」

言いながら、スーツの内ポケットから手のひらサイズの家の模型のようなものを取り出し、渡してきた。

「あの……これがアルカディア、ですか？」

「ええ、そうですよ。ここにスイッチがあるでしょう、これを押すと大豪邸に早変わりしますよ」

と楽しそうに須田議員は言う。

「試しに押してみますか？」

「あっ、いえ、いいですっ……というより出来れば換金したいんですけど……」

海道が言っていた。アルカディアは五千万円に換金できると。

「いいですよ。そう言われるプレイヤーの方もいると思っていましたから」

微笑を浮かべた須田議員は、近くにいた黒服の男性に声をかけ、その男性が大事そうに持っていたアタッシェケースを受け取った。

そして、

「優勝おめでとう、佐倉真琴くん。これからのあなたのますますの活躍に注目していますよ」

ウインク一つ、須田議員は五千万円が入っているであろうアタッシェケースを差し出してくる。

「あー……はい、どうも」

そんな注目されても困るんだけどなぁと思いながらも、俺はありがたくそのアタッシェケースを受け取った。

……というか結局、今大会俺が優勝したわけだが、当初の目的は果たせたのだろうか。

神代が今日の事の顚末《てんまつ》を知ったらなんと言うだろう。

「それでは、第一回トッププレイヤーバトルトーナメントは佐倉選手の優勝で幕を閉じたいと思います っ！　皆様、盛大な拍手を佐倉選手にお願い致しますっ！」

マイクを持った川尻さんが声を上げるが、観客たちはすっかり消え失《きう》せていたので、須田議員やマリア、備前さんたち数人の拍手がぱちぱちと鳴るだけ。

「え、えー、ではまた来月、第二回のバトルトーナメントでお会い致しましょうっ！」

実質観客ゼロの中、それでも最後までプロとして仕事をやり遂げる司会進行役の川尻さん。

するとそこへ、マリアが「真琴様、おめでとうございますですわ～っ！」と俺に飛びついてきた。俺の身体《からだ》にがしっとしがみつきながら、まるで自分の事のように声を上げてはしゃいでいる。

自分では大人だと思っているようだが、俺からしたらやっぱりマリアはまだまだ子どもだ。

それにしても、今日一日で俺は五千万円もの大金を稼いだわけだ……自然と顔がほころんでしまうな。ふふふっ。

――ちなみにこのすぐあと、獲得賞金ランキングの堂々一位に俺の名前が載ることになるのだが、この時の俺は五千万円の臨時収入に酔いしれていて、そんなことはまったく頭になかった。

第十七章　初めてのランクFダンジョン

＊＊＊＊＊＊＊＊＊＊＊＊＊＊＊＊＊＊＊＊＊＊＊＊＊＊＊＊＊

第一位　佐倉真琴《さくらまこと》（十七歳）――一億三百九十万五千円

第二位　磯美樹《いそみき》（十八歳）――九千七百十四万円

第三位　桃野香織《もものかおり》（十七歳）――六千百五十二万円

第四位　龍堂龍臣《りゅうどうたつおみ》（二十八歳）――五千九百十一万五千円

第五位　播磨唯我《はりまゆいが》（十五歳）――五千七百九十九万円

第六位　小鳥遊《たかなし》らいてう（六十一歳）――五千六百二万五千円

第七位　大熊《おおくま》・ショーン・大輔《だいすけ》（二十二歳）――四千八百五十六万六千円

第八位　備前吉宗《びぜんよしむね》（二十歳）――三千二百五十七万円
第九位　神楽坂愛《かぐらざかあい》（三十三歳）――二千九百三十九万七千五百円
第十位　伊集院陽太《いじゅういんようた》（十七歳）――二千二百五十万円
第十一位　神代閃一《かみしろせんいち》（十七歳）――二千万円
第十一位　海道光《かいどうひかる》（十七歳）――二千万円
第十一位　長澤紅子《ながさわべにこ》（十七歳）――二千万円
第十一位　水川蓮華《みずかわれんげ》（十七歳）――二千万円
第十五位　マリア・ファインゴールド（十三歳）――千九百八十万五百円

****

バトルトーナメントの賞金五千万円が加算され獲得賞金が一億円を超えたことで、俺は日本人初の一億円プレイヤーとなった。

それにより、周りがこれまで以上に騒がしくなったので、俺は避難するようにダンジョンへと潜った。

俺が現在潜っているダンジョンは群馬県の高崎駅の真横にあるランクFの未踏破ダンジョン、通称［硬い畝《うね》のダンジョン］だ。

ランクF以上のダンジョンはすべてが未踏破であり、また俺にとっても未知のダンジョンだった。

本当ならばもう少し低ランクのダンジョンを攻略したいところだったが、すでに日本国内にあるランクG以下のダンジョンはすべてクリアしつくされているという話をダンジョンセンターの職員から聞いたので、俺は仕方なくFランクダンジョンに挑戦しているというわけだ。

当初持っていた目立ちたくないという俺の切なる願いは、獲得賞金ランキングに載ったことでとうに崩れ去っており、またバトルトーナメントでの優勝もあって、今の俺は名実ともに日本のトッププレイヤーとして世間から認知されつつあった。

そのことを愚痴まじりに神代に電話で話したところ、『力を解放したのは佐倉さんですよ』と言われてしまった。

たしかにその通りだったのでぐうの音も出ず、すぐに電話を切ったが。

それでも、俺のレベルやパラメータが桁外れに高い数値だということはまだ世間には知られてはいない。

もう面倒だからこの際バレてもいいか、と思ったりすることもあるが、もしそうなったら今以上に面倒なことになるのは目に見えている。

「はぁ〜……楽して稼げると思ってたけど意外と気を遣うなぁ」

俺は硬い畝のダンジョン地下一階で、パラライズバタフライの大群を前にして誰にともなくつぶやいた。

◇◇◇

ピンク色の毒々しい見た目のパラライズバタフライ。

「名前からして厄介そうな魔物だな……」

俺は硬い畝のダンジョン地下一階でパラライズバタフライの大群に囲まれてしまっていた。

かなり大きめの蛾《が》くらいのサイズのパラライズバタフライたちは、様子を見るように俺の周りを浮遊し続けている。

俺は素手で直接触るのは危険だと判断して魔法攻撃を繰り出した。

「スキル、電撃魔法ランク10っ」

その瞬間、さながら稲妻が走るような雷鳴がとどろき、超電撃がパラライズバタフライの大群を焼き尽くす。

灰と化したパラライズバタフライたちの残骸が、地面に散り散りに落ちるとともに消滅していった。

《佐倉真琴のレベルが114上がりました》

【経験値1000倍】と【必要経験値1／30】の効果でレベルが上がるスピードもこの上なく速い。

「久々にレベルが上がったことだし一応確認しておくか……ステータスオープン」

俺はステータスボードを目の前に表示させた。

＊＊＊＊＊＊＊＊＊＊＊＊＊＊＊＊＊＊＊＊＊＊＊＊＊＊＊＊＊＊＊＊＊

名前：佐倉真琴

レベル：39630

HP：241630／242109　MP：208329／208898

ちから：222610

みのまもり：202001

すばやさ：187856

スキル：経験値１０００倍
：レベルフリー
：必要経験値１／50
：魔法耐性（強）
：魔法効果７倍
：状態異常自然回復
：火炎魔法ランク10
：氷結魔法ランク10
：電撃魔法ランク10
：飛翔《ひしょう》魔法ランク９

・転移魔法ランク4

＊＊＊＊＊＊＊＊＊＊＊＊＊＊＊＊＊＊＊＊＊＊＊＊＊

「特に変わったところは……あ、いや、必要経験値が50分の1になってるっ」

これでまたより一層レベルが上がりやすくなるというわけだ。

正直もうこれ以上レベルが上がらなくても今のままで俺は充分強いと思うのだが、まあレベルが上がるのは楽しいから別にいいか。

「ただどうせなら、識別魔法あたりを覚えてくれると嬉《うれ》しいんだけどな〜」

俺はないものねだりをしつつ、パラライズバタフライがドロップしていったアイテムを拾った。

＊＊＊＊＊＊＊＊＊＊＊＊＊＊＊＊＊＊＊＊＊＊＊＊＊

パラライズパウダー

＊＊＊＊＊＊＊＊＊＊＊＊＊＊＊＊＊＊＊＊＊＊＊＊＊

「〈パラライズパウダー〉か……使い道がよくわからん」

とりあえず俺は、そのピンク色の粉の入った包みを不思議なバッグの中にしまった。

◇◇◇

＊＊＊＊＊＊＊＊＊＊＊＊＊＊＊＊＊＊＊＊＊＊＊

ラストポーション

＊＊＊＊＊＊＊＊＊＊＊＊＊＊＊＊＊＊＊＊＊＊＊

＊＊＊＊＊＊＊＊＊＊＊＊＊＊＊＊＊＊＊＊＊＊＊

夕闇の小太刀

＊＊＊＊＊＊＊＊＊＊＊＊＊＊＊＊＊＊＊＊＊＊＊

硬い畝のダンジョン地下一階を歩き回り、〈ラストポーション〉と〈夕闇の小太刀〉という二つのアイテムをゲットした俺は、使い道もわからないまま不思議なバッグの中にしまうと、さらに奥へと通路を突き進む。

☆　☆　☆

硬い畝のダンジョン地下一階、最奥部。

パラライズバタフライとともに姿を見せた、大きな角を頭に生やしたシロクマのような出立《いでた》ちの一角獣を一撃で地面に沈めると、パラライズバタフライに火炎魔法を放って燃やし尽くした。

《佐倉真琴のレベルが23上がりました》

レベルアップを告げる機械音声を聞き流しつつ、

＊＊＊＊＊＊＊＊＊＊＊＊＊＊＊＊＊＊＊＊＊＊＊＊＊

一角獣のホルン

＊＊＊＊＊＊＊＊＊＊＊＊＊＊＊＊＊＊＊＊＊＊＊＊＊

一角獣のドロップアイテムである〈一角獣のホルン〉を拾い上げる。

「うーん、やっぱり識別魔法がほしいな」

用途の分からない一角獣のホルン片手につぶやくと、俺はそれを不思議なバッグの中にしまう。

そしてアイテム回収のため、来た道を戻るとフロアを隅々まで練り歩くのだった。

☆　☆　☆

「…………」

「…………」

「…………」


？


さっきからなんとなくだが、後方よりぼそぼそっと人の話し声が聞こえてきている気がする。

そう考えると人の気配もどこかしらするようなしないような……。

だが、後ろを振り向いても誰一人としていない。

魔物の影すらない。

なんだ……？

奇妙な感覚に陥りながらも俺は歩を進めていた。

☆　☆　☆

しばらく進むと通路の向こう側から髪が蛇で出来た人型の魔物、メドゥーサが近付いてきた。

詳しくは知らないが、メドゥーサは目を合わせると石になるという伝説上の生き物だといううろ覚えの知識はあったので、俺は念のためメドゥーサの目を見ないようにしつつ火炎魔法を放つ。

ゴオォォーッと通路を埋め尽くして突き進んでいく巨大な炎の塊にメドゥーサが飲み込まれた。

『ギィヤアァーッ……！』

これぞ断末魔の叫びと思わせる悲鳴を上げながら燃え尽きるメドゥーサ。

《佐倉真琴のレベルが11上がりました》

ほっとして「ふぅ～」と一息つくと、

「……すっげ……」

「馬鹿、声出すなっ……」

「……ちょっ……」

今度は明らかに話し声が聞こえた。

「っ！　おーい、誰かいるのかっ！」

俺は辺りを見回す。

……しかしやはり誰もいないし返事もない。

気配はなんとなく感じるのだが……。

まったく、なんなんだ一体……？

俺が多少イラ立ち始めていたその時だった。俺の肩を背後からトントンと叩《たた》く者がいた。

俺は「なんだよっ」とにらみつけるつもりで後ろを振り返った。

するとそこには、

『フシュー……』

赤い瞳をきらりと光らせたメドゥーサが立っていた。

「ヤバっ……⁉」

と目をそらしたが時すでに遅く、俺の体はつま先からだんだんと石化していく。

「このヤロっ！」

俺はまだ自由が利くうちにメドゥーサの顔面を殴りつけ一撃で粉砕すると、前のダンジョン探索で弘子《ひろこ》さんに貰《もら》っていた万能薬を取り出そうと不思議なバッグの中に手を突っ込んだ。

だがしかし――

「うげっ、嘘《うそ》だろっ……⁉」

……両腕が重い。

……思うように腕が……動かせない。

「……マジ、かよっ……」

……だ、駄目だ……固ま……る……。

――不思議なバッグの中に手を突っ込んだ状態のまま、俺の全身は石と化してしまったのだった。

◇　◇　◇

「……おい、どうするよ。真琴さん石になっちゃったぞ……」

「……風間《かざま》、さっき拾った万能薬使ってやれよ……」

「……えっやだよ、もったいない……」

「……ちょっと、そんなこと言ってる場合じゃないでしょっ……」

石化した状態でも俺は視覚も聴覚もはっきりしていた。

そんな俺の目の前で男女四人の話し声がする。

だが姿はまったく見えない。

しかしその直後だった。

何もないところからスゥ～ッと四人の人間が現れたのだ。

「あ、透明化解けちゃったぞ」

「ヤバいって、魔物が出てくる前に逃げようっ」

「その前に透明化しないとだろっ」

「だからその前に真琴さんに万能薬使いなさいってばっ」

石になった俺の目の前で、ああでもないこうでもないと言い合う今風の四人の少年少女。

おそらく俺と同い年くらいだろう。

「真琴さんみつけたからあとをつけようって言ったのあんたでしょ」

「夢咲《ゆめさき》たちも賛成したじゃんか」

「そういうこと言ってるんじゃないわよっ。あんた馬鹿なのっ」

「ここは夢咲の言う通りにしとけよ」

「ほら風間、とりあえず真琴さん助けて恩着せとこうぜ」

どうやら風間という少年が万能薬を持っていて、それを俺に使うよう他の三人に促されているらしかった。

だが、その風間はというと万能薬を俺に使うことをかなり渋っているように見える。

とその時、

『グオオォォー！』

四人の後ろから一角獣がのそのそとやってきた。

「うわっ、みつかったっ……！」

「ヤベっ、一角獣だぞっ……！」

「スキル、帰還魔法ランク1っ！」

「あっ、ちょっと風間、一人で何してんのよっ！」

風間は帰還魔法とやらを唱えると他の三人を置き去りにして瞬時に消え失《き》せ《う》る。

「あいつ、一人で逃げやがったっ……」

「くそっ、おれたちも逃げるぞっ」

「でも真琴さんどうするのよっ」

「知るかっ。スキル、透明化っ！」

「スキル、透明化っ！　夢咲も早く透明になれっ、殺されるぞっ！」

『グオオォォー！』

だがここで、二人の少年の姿が消えて一人残った少女に向かって、一角獣が突如駆け出し襲い掛かっていった。

「きゃあっ！」

頭を抱え顔を伏せる少女。

「「夢咲っ！」」

一角獣の太い前足が少女に振り下ろされた瞬間、
がしっ。

その前足を摑《つか》んで受け止める手があった。

その正体はもちろん——


「「「真琴さんっ⁉」」」

石化状態が解けた俺だった。

◇◇◇

メドゥーサによって石に変えられてしまっていた俺だったが、スキル【状態異常自然回復】の効果により復活すると、目の前で今まさに一角獣に襲われそうになっていた少女を助けるべく一角獣の前足を摑んだ。

「「「真琴さんっ⁉」」」

少年少女たちが驚きのあまり口にする。

『グオオオォォォー!!』

一角獣は声を荒らげ前足に力を込めるが、俺と正面から力比べなど到底出来るはずもなく、

「このぉっ」

前足を掴んだまま俺は一角獣を後方の壁に投げ飛ばした。

ドガァァーン！

壁にぶつかり地面に落ちると一角獣はぴくりともしなくなった。

そして息絶えたのだろう、一角獣が消滅していく。

《佐倉真琴のレベルが14上がりました》

「きみ、大丈夫？」

口をあんぐりと開けていたギャルっぽい見た目の少女に話しかけると、

「あ……は、はい。ありがとうございますっ」

少女は俺の顔をまじまじと見ながら答えた。

「夢咲、大丈夫かっ」

「怪我《けが》してないかっ」

近くから少年たちの声。

だが姿は見えない。

「うん、大丈夫。真琴さんのおかげでね」

「そっか」

「なら、よかった～」

「二人も無事よね」

少女は何もない宙に向かって声を飛ばしていた。

「えーっと……きみたちってもしかして、スキルの【透明化】が使えるの？」

気になっていたことを訊《き》いてみる。

すると、

「そうですよ。わたしたち全員【透明化】と【忍び足】のスキルが使えるんです」

その少女は俺に向き直って言った。

☆　☆　☆

「……なるほどね。それで太田《おおた》がSNSで【透明化】と【忍び足】が使える人を呼びかけたわけだ」

「そうです。この二つのスキルがあれば魔物と戦わなくても高ランクのダンジョンでアイテムが回収できると思って……」

「でもそれなら一人でもよかったんじゃないの？　わざわざチームを作らなくてもさ」

「いやあ、初めはそう思ってたんですけどね。ソロだと万が一何かあった時助けてくれる人がいないじゃないですか」

「まあ、そうだけど」

俺もソロだからその考えはわからなくもない。

「実際おれは太田たちとチームを組むまではソロでダンジョン探索してたんすよ」

と話すのは田中《たなか》だ。

細身で長身で細面な太田とは違い、小柄でふっくらとした田中が俺の目を見ながら言う。

さっきまで透明になっていた太田と田中だったが、時間経過とともに今は俺の前に姿を見せていた。

「でも一回トラップにひっかかって麻痺《まひ》ったことがあったんすよ、そん時は一時間くらいしてたまたま通りかかったほかのプレイヤーに助けてもらってなんとかなったんすけどね。あれからソロで潜るのがちょっと怖くなっちゃって……そしたらＳＮＳで【透明化】と【忍び足】を覚えてる人募集みたいなのがあったんでちょうどいいかなっつって」

「ふーん、そうなのか」

「わたしは両親にプレイヤーになるのを反対されたんで、半ば家出みたいな感じで友達のうちを泊まり歩いていたんですけど、その時にＳＮＳを見て、あ、これわたしじゃんって思って。すぐに連絡とったんです」

と十五歳という年齢の割にやや背が高く大人びた夢咲が言う。

ちなみに太田と田中は夢咲と同学年だが年は一つ上の十六歳ということらしい。

そして三人ともレベルは70台だそうだ。

「おれたちは家出はよくないから一旦家に帰れって言ったんすよ。なのに夢咲は全然おれたちの言うことは聞かねぇし、それどころか今ではいつの間にかチームのリーダー気取ってるんすよ」

「真琴さんからも言ってやってください。家出は駄目だぞって」

田中と太田が真剣な顔で俺を見た。

う～ん……耳が痛い。

◇◇◇

「とりあえずさ、夢咲はこのダンジョンを今すぐ出て家に帰ったほうがいいんじゃないか」

家出少女の夢咲を諭す。

「お父さん、お母さんも心配してるぞ、きっと」

正直、夢咲と同じく家出をしていた俺にはこんなことを言う資格などないのかもしれないが、どうしても他人事《ひとごと》とは思えないのでつい余計な世話を焼いてしまう。

「そんなこと言って、本当はわたしたちがダンジョン探索についてこないようにしてるだけなんじゃないですか？」

目を細め、疑念をぶつけてくる夢咲。

「別にそんなことないって」

と言いつつ、たしかについてこられたら面倒だという思いがあるのは事実だった。

この三人は俺のことを知っているようだし、俺の実力を当てにされて一緒に来られては困る。

何より俺のレベルが４０００近いということが勘づかれないように、今後は極力他人とのチームプレイは避けたいところなのだ。

すると、どういうわけか、夢咲が急ににんまりと笑った。

グロスが塗られたつややかな唇に人差し指で触れながら、俺のことを不気味なくらい優しい目でみつめてくる。

……なんだその目は？

と言おうとした時だった。

「わかりました……わたし家に帰りますっ」

俺の言葉が響いたのか、夢咲は素直に家に帰ると申し出た。

「え、本当に帰るのかっ夢咲？」

「おれたちが言っても全然聞かなかったくせにかっ？」

「うん。わたしを助けてくれた真琴さんの言うことだもん。聞かないとね」

「そっか……」

「何～？　わたしと別れるのさびしいの二人とも～？」

「べ、別にそんなんじゃないさっ」

「足手まといがいなくなってせいせいするぜっ」

太田と田中はそう言うが、俺にはなんとなく強がりに聞こえた。

☆　☆　☆

「じゃあ真琴さん、わたしたちこれで失礼しますね」

「ああ。本当に出口まで一緒に行かなくて平気か？」

「大丈夫ですよ。おれたちには【透明化】と【忍び足】がありますから」

「それに出口なんてすぐそこっすから」

と親指で出口の方向を指差す田中。

だったらそこまでついていくくらい俺にはどうってことないのだが……。

まあ、もしかしたら三人で話したいことがあるのかもしれないしな、邪魔はしないでおくか。

「じゃあ、みんな気をつけてな」

「はい。真琴さんもお元気で」

「ありがっしたー」

「機会があったらまたどこかで会いましょう」


「「「スキル、忍び足っ」」」

「「「スキル、透明化っ」」」


そして俺は完全に姿を消した夢咲たち三人と別れた。

……はずだったのだが――

「率直に言いますね……真琴さん、わたしとチームを組みませんかっ」

三人と別れてからわずか十分後、俺は一人ダンジョンへと戻ってきた夢咲に勧誘されていた。

◇◇◇

「チームを組む？　何言ってるんだ？　というか家に帰ったんじゃなかったのかお前？」

俺は目の前にいる夢咲に問いかける。

「大体、太田と田中はどうするんだ？　お前あの二人ともうすでにチームを組んでるだろうが」

「二人とはダンジョンを出てすぐに別れてきましたから大丈夫です」

平然と答える夢咲。

「帰還魔法を使ってさっさと逃げちゃった男がいたじゃないですか。あれ、風間っていうんですけど、風間もいなくなっちゃったしわたしも家に帰るってことで、チームは解散することになりましたから」

「いやいや、だったらお前も家に帰れよ」

「ねぇ真琴さん。わたしって【透明化】と【忍び足】の他にあと二つスキルを覚えているんですよ」

俺の話を聞いているのかいないのか、夢咲は楽しそうに続ける。

「一つは識別魔法です。これって便利な魔法ですよね」

「こら、俺の話を無視するな」

「真琴さんは識別魔法使えますか？」

「どうでもいいだろ」

使えないが夢咲には関係ないことだ。

「うふっ、やっぱり！」

夢咲は突然声を上げた。

そして、

「識別魔法を使えるわたしと組めばダンジョン攻略がスムーズにいくと思いませんか？」

訊いてくる。

「わたしと真琴さんが組めばwin-winですよ」

「悪いけど俺は誰とも組む気はないよ。それよりお前はさっさと家に帰れって」

「わたしが識別魔法を使えることはチームのみんなも知っていましたけど、もう一つの魔法は誰にも話したことはないんです」

「何が言いたいんだ？」

俺と会話するつもりがないのか、こいつは。

すると夢咲はにこりと笑って、

「ありますよ」

と口にした。

「ん？　ありますよって何が？」

「だから、会話するつもりありありますよ」

何を言っているんだ？

さっぱりわからない。

そんな風には見えないがもしかしてこいつ、電波女か？　それとも……。

「ちょっと真琴さん、わたし電波女でも不思議ちゃんでもないですよ」

「⁉」

「至って普通の十五歳の女の子なんですから」

「ちょ、ちょっと待て、今なんで電波って……？」

俺は何も言ってはいないはずだ。

「口には出さなくても心の中ではっきりと言ったじゃないですか」

「心の中っ⁉」

こいつやっぱり、俺の心の声を――

「はい。読んでますよ」

夢咲は満面の笑みを浮かべながらはっきりとした口調で言った。

◇◇◇

ノースリーブとショートパンツというラフな服装をした浅黒い肌の少女、夢咲は、俺との会話を楽しむかのように無邪気に微笑《ほほえ》んでいる。

「俺の心を読んでいる？　どうやって……」

「それはもちろん魔法でですよ。わたしランク10の読心魔法が使えるので、かなり長い時間広範囲にわたって相手の心が読めるんです」

　と夢咲は俺の言葉を受ける。

「さっきも言いましたけどわたし識別魔法も覚えていますから、チームを組めば真琴さんの役に立つと思うんです」

「俺もさっき言ったように誰とも組むつもりはないんだ。だからお前がどんな魔法を覚えていようが関係ないよ」

「悪いな」と付け加えた。

「じゃあ、ホント〜にわたしとチームを組むつもりはないんですか？」

　夢咲は長いまつ毛の下のくりくりっとした大きな瞳を光らせて、俺の目をじーっと覗《のぞ》き込《こ》んでくるが、

「ああ、ないね」

　俺はきっぱりと断る。

　別に夢咲が嫌だというわけではない。単純にソロがいいのだ。

「ふ〜ん。そうですか……わかりました」

　夢咲は一瞬うつむいた。

　わかってくれたか。俺はそう思ったのだが――

「……どうしようかなぁ……」

　ぼそぼそと何事かつぶやく夢咲。

「ん？　なんだって？」

「真琴さん、わたし相手の心が読めるんですよ」

「ん？　ああ、そうみたいだな」

俺にとってはそんなことどうでもいいが。

すると夢咲は顔を上げ少し言いよどみながらも口にする。

「あのですね、つまり……わたし、真琴さんのレベルが四万近いっていう秘密も知っているんです」

「…………ええっ⁉」

一瞬理解するのに時間を要したが次の瞬間、俺は思わず声を上げていた。

「あっ、勘違いしないでほしいんですけど、別にわたし真琴さんを脅そうとかゆすろうなんて考えていませんよっ。ただ、その秘密を黙っているかわりに一緒に冒険ができたらいいなぁって思っているだけでっ……」

夢咲は顔の前で手を振りながら懸命に弁解しているが、そういうのを世間一般では脅すと言うのではなかろうか。

「もし俺がお前とチームを組まなかったらどうするつもりだ？」

「べ、別にどうもしませんよっ」

「誰かに俺の秘密を喋《しゃべ》ったりしないのか？」

「しませんってば、信じてくださいよ……でもわたし口が軽いので、もしかしたらついポロッと言っちゃうかもしれませんけど……」

「脅してるじゃねぇか」

夢咲はハッとして、

「ち、違います違いますっ。わたしちょっとおバカなんです。勉強も出来ないし物覚えも悪いし計算とかも超苦手で、だから普通に就職するよりプレイヤーになった方がいいと思うんですっ」

早口で喋り出した。

「口が軽いのも昔からでよく友達に怒られたりしましたからっ」

「その割にはさっきの太田たちには読心魔法のこと黙ってられたじゃないか」

「だって彼らとはまだ出会ってから二、三日しか経《た》ってないですもん」

と夢咲。

なんだ。てっきりもっと付き合いが深いのかと思っていたがそうではなかったのか。

「そうです、全然浅いですっ」

「俺の心の声を勝手に読むな」

「あ〜、ごめんなさいっ。でもこれ発動中は勝手に聞こえちゃうんですよっ。もう少ししたら効果が消えますから我慢してくださいっ」

うーん、こいつ本当に俺の秘密をネタに脅す気はないのか？

ギャル？という人種と今まで接したことがないから考えていることがよくわからないぞ。

すべて正直に話しているようには見えるが、別れて一人になった途端急にスマホをいじり出してＳＮＳにあれこれつぶやきそうな気もするし……。

「なあ、お前は俺とチームを組んでどうしたいんだ？」

「わたしですか？　それはもちろん一生分のお金を今のうちに稼いでおいて将来楽したいです。ついでにもっと稼げたら両親のために家を建てたりとかもしたいです」

夢咲は至極真面目な顔をして言う。

家出しているくせに両親のことは大切に考えているようだ。

「お前レベルいくつだっけ？」

「79です。ちなみに血液型はO型ですっ」

「訊いてねーよ」

レベル79か……まあまあ高いけど足手まといには変わりないしなぁ。

「わたしランク6の識別魔法使えますっ。透明になって忍び足を使えば魔物に襲われることもないので足手まといにもなりませんっ」

夢咲は手を上げて自己アピールしてみせる。

「絶対役に立ちますっ」

「……だとしても悪いけどやっぱりチームは組めない」

「そ、そうですか……」

しゅんとする夢咲。

「ただ、もし家出をやめて家に帰るって言うのなら、このダンジョンを俺がクリアするまでだけは一緒に行動してやってもいい」

「え、本当ですかっ？」

「ああ」

十五歳の少女を家出したままにしておくというのは、家出経験者としてもやはり見過ごせない。

「……わかりました。このダンジョンを出たらとりあえず家に帰ります。それで両親とちゃんと話し合います」

「本当だな？　約束だぞ」

「はいっ。約束ですっ」

夢咲は小指を立てて差し出してくる。

俺は夢咲と指切りをした。

「じゃあ、とりあえずよろしくな」

「はい。あ、それとずっと言おうと思っていたんですけど、わたし彼氏以外からお前って呼ばれるのＮＧなんで、名字の夢咲か、名前の姫良々《きらら》でお願いしますね」

そう言って夢咲は可愛《かわい》らしく微笑むと、ちらりと八重歯を覗かせた。

第十八章　夢咲姫良々《ゆめさききらら》

「一応確認しておくけどこのダンジョンを出たら家に帰るんだぞ」

「………………」

「おい夢咲、聞いてるのか？」

「あっはい、聞いてます」

夢咲はスマホを鏡代わりにして自分の髪をいじっていた。

なんとも今時の十五歳女子らしい行動だ。

夢咲は茶色の長い髪をヘアピンをいくつも使って高く盛っている。

もとの身長がそこそこ高いので、髪型を含めると俺と同じくらいの背の高さになっていた。

黒ギャルとでもいうのだろうか、肌は日に焼けていて化粧は濃い。

まつ毛も異様に長く、服装も親世代から見たらちょっと引かれるくらい肌の露出が多い。

スタイルの良さも相まって、やや目のやり場に困る。

ちなみに彼氏以外からお前と呼ばれたくはないということなので、俺は極力夢咲のことをお前と呼ばないように気をつけている。

というか今時の十五歳は当たり前のように彼氏がいるのか……。

「いませんよ、わたしには」

スマホをショートパンツのポケットにしまいつつ夢咲が振り向いた。

「え？　あっ、夢咲お前また俺の心読んだだろ」

「ごめんなさい、まだ前に使った読心魔法の効果が切れてないんですよ」

「まったく……」

夢咲は相手の心を読む魔法を習得している。

それだけではなく識別魔法や【忍び足】、さらには【透明化】も覚えているのだった。

「それで、いないって彼氏がか？」

「はい」

「でも彼氏以外にはお前って呼ばれたくないって言っただろ」

「彼氏がいたらの話ですよ。早とちりしないでくださいよっ」

隣を歩く夢咲が体ごと「もう～っ」とぶつかってくる。

一緒に行動してやると言ってから少し馴《な》れ馴れしくなった気がする。

「もう一度言うけど、このダンジョンをクリアしたら家に帰れよ」

「わかってますよ。約束したじゃないですか」

そう。

夢咲が言うように、このダンジョンクリアで絶賛家出中の夢咲は家に帰るという約束を俺と交わしていた。

その代わりと言ってはなんだが、このダンジョンだけは俺が一緒に行動してやるという取り決めだ。

「それより透明にならなくていいのか？　魔物が急に襲ってきても知らないぞ」

「あっ、そうでしたね。じゃあスキル、透明化っ」

夢咲は立ち止まるとスキルの【透明化】を発動させ姿を消してみせた。

さらに、

「スキル、忍び足っ」

【忍び足】を使い足音を完全に消す。

「すごいな、もうどこにいるかわからないぞ」

「…………」

「おーい、いるんだよな。返事くらいしてくれよ」

姿が見えないからちょっと不安になるだろ。

「ここですよ」

「おわっ⁉」

夢咲が俺の耳元でささやいた。

かなりの至近距離だったのでびっくりして思わず声を上げてしまう俺。

「おい、驚かすなよな」

「ごめんなさ～い」

「夢咲はとりあえず俺の左隣にいてくれ、見えないと厄介だ。それと間違っても俺と魔物の間には入るなよ」

誤って俺の攻撃が夢咲に当たってしまったら目も当てられないからな。

「は～い、わかりました」

と左隣から夢咲の明るい声が返ってきた。

姿は確認できないが、きっと屈託のない笑みを浮かべているに違いない。

「はぁ、先が思いやられるよ。まったく……」

こうして俺は透明になった夢咲と、硬い畝のダンジョン地下一階フロアを探索するのだった。

◇◇◇

ランクFの硬い畝のダンジョン地下一階。

俺は透明になった夢咲と並んで通路を進んでいた。

すると前方からメドゥーサが体を左右に揺らしながらゆらゆらと歩いてくる。

「真琴《まこと》さん、メドゥーサですよっ」

夢咲がメドゥーサに気付かれないように小さな声で俺に伝えてきた。

夢咲の吐息がかすかに耳に当たる。

「ああ、あいつは近付かせると厄介だからな。ここから倒す」

言うと俺は手を前に差し出し、

「スキル、火炎魔法ランク10っ」

巨大な炎の玉を放つ。

通路の幅より大きな炎の玉は、通路の形にそって四角い塊となってメドゥーサめがけゴオォォー
ッと突き進んでいった。

『ギィヤァァーッ……！』

叫び声を上げ、メドゥーサが一瞬で焼失する。

《佐倉《さくら》真琴のレベルが11上がりました》

「わぁ〜、やっぱりすごいですね。今のって普通の火炎魔法ですか？　それにしてはなんか炎の玉が大きかった気がするんですけど……」

夢咲の声がした。

「スキルのおかげだよ。俺には【魔法効果7倍】っていうスキルがあるからな」

「【魔法効果7倍】ですか？　へ〜、そんなスキルもあるんですね。知らなかったです」

と夢咲は言う。

透明なので姿は見えないが。

「あっ、真琴さん。あれアイテムじゃないですかっ？」

おそらく言いながら指を差しているであろう夢咲の声を受け、俺は通路の前方をみつめた。

と、前方には黄色い液体が入った容器が落ちている。

俺はそれに向かって近付いていくと、一応ステータスボードを開いてアイテムであることを確認する。

ナスビモドキの二の舞は避けたいからな。

俺はステータスボードを右にスクロールした。

****

メドゥーサエキス

****

すると画面に〈メドゥーサエキス〉と表示された。

間違いない。アイテムだ。

ちなみに左にスクロールすると魔物の名前が表示されるのだが、まあそんなことはどうでもいいか。

「真琴さん、それわたしが識別魔法で鑑定しましょうか？」

「いいのか？　じゃあ頼むよ」

「はい」

俺はメドゥーサエキスを手に持って差し出す。

直後、夢咲が手にしたのだろう、メドゥーサエキスが宙に浮いた。

そして、

「スキル、識別魔法ランク６っ」

夢咲が唱える。

「どうだ？　わかったか？」

「はい。このメドゥーサエキスは石化した者に振りかけると石化状態を解くことが出来るアイテムですね」

「へーやっぱり便利だな、識別魔法って」

識別魔法は未知のアイテムや魔物の情報を知ることの出来る魔法で、ランクが高ければ高いほどレアアイテムや強い魔物に対しても効果がある。

夢咲の識別魔法のランクは6なので中の上といったところだろうか。

「みつけたアイテムはそれぞれ欲しいもの以外はあとで売って、出来たお金を半分ずつ分けようか」

「わかりました」

俺は宙に浮いていたメドゥーサエキスを受け取ると不思議なバッグの中にしまう。

「そうだ、ついでに俺がここまでに手に入れていたアイテムもみてもらっていいか？」

「いいですよ」

この際なので俺は未識別のアイテムをすべて取り出し地面に並べた。

・パラライズパウダー
・ラストポーション
・夕闇の小太刀
・一角獣のホルン

「この四つですね。じゃあいきますよ」

夢咲はアイテムを一つずつ手に取り魔法を発動させていく。

「スキル、識別魔法ランク６っ」

最初は包みに入ったピンク色の粉。

「スキル、識別魔法ランク６っ」

次に容器に入った黒い液体。

「スキル、識別魔法ランク６っ」

さらに漆黒の鞘《さや》におさまった小太刀。

「スキル、識別魔法ランク６っ」

最後に白い角笛。

すべての識別が終わり、

「わかりましたよ」

と夢咲の声。

「まずパラライズパウダーですけど、これは体内に入ると麻痺《まひ》を引き起こすアイテムみたいですね。それからラストポーションはＨＰを全回復してくれるアイテムのようです。それと夕闇の小太刀は斬りつけた相手の視覚を奪う武器ですね。それで最後の一角獣のホルンは、吹くと一角獣を召喚して一定時間操れるアイテムだそうです」

「お～、すごいな。全部わかったのか」

「どれもそこまでレアなアイテムじゃなかったみたいですね」

たしかに夢咲の言う通り、レア度が高くて使えそうなアイテムはなさそうだな。

ラストポーションは他のアイテムに比べればまだマシだが、それでもＭＰも全回復できるエリクサーの方が使い勝手はいいからな。

「っていうか夢咲、頼んでおいてなんだけどそんなに魔法使いまくってＭＰは大丈夫なのか？」

「あ～、まだ大丈夫ですよ。わたし最大ＨＰとちからのパラメータが低い分、最大ＭＰはかなり高いですから」

「そうか。でも魔草をみつけたら夢咲にやるよ」

「え～、あれ苦いからあんまり好きじゃないんですよね～」

「贅沢《ぜいたく》言うな。ＭＰが切れて透明になれなくなったら大変だろ」

「それはそうですけど～……」

今現在魔草のストックはゼロ。

ＭＰ切れがあり得ない俺にとってＭＰを回復させる魔草は必要のないものだから、これまでに入手した魔草は一つ残らずすべて売ってしまっている。

こんなことなら少しくらい手元に残しておけばよかったかな。

ちょうど透明化が切れて俺の目の前に姿を現した夢咲を眺めながらそう思う俺だった。

◇◇◇

＊＊＊＊＊＊＊＊＊＊＊＊＊＊＊＊＊＊＊＊＊＊＊＊＊

ヒーリングシード

****

硬い畝のダンジョン地下一階で〈ヒーリングシード〉という一粒の種を手に入れる。

夢咲曰《いわ》く、ヒーリングシードは地面に植えると、半日で薬草と魔草の葉を生い茂らせる大樹に育つのだそうだ。

半日を要するということなので、どこかで休憩する時にでも使用することにして、とりあえず俺はそれを不思議なバッグの中にしまった。

☆　☆　☆

『グオオオォォォー!!』

通路を進んでいると陰から一角獣とパラライズバタフライが同時に現れる。

俺は一角獣を蹴り飛ばし壁に激突させて息の根を止めた。

《佐倉真琴のレベルが14上がりました》

すると頭上をぱたぱたと飛びながら、パラライズバタフライが羽を震わせピンク色の鱗粉《りんぷん》を落としてくる。

「真琴さん、気をつけてくださいっ。その鱗粉を吸い込むと体が麻痺しちゃいますよっ」

夢咲の声が飛んだ。

「わかってる」

俺は落ちてきていた鱗粉を避けて瞬時に移動すると、離れた場所から「スキル、電撃魔法ランク10っ」と声を出す。

その瞬間、

バリバリバリィィィーッ!!


と俺の手から放たれた一筋の雷に似た電撃が、宙を浮いていたパラライズバタフライを貫いた。

直後、パラライズバタフライ自身の体が粉のようになって散り散りに舞う。

《佐倉真琴のレベルが10上がりました》

「うわ～、【魔法効果7倍】のランク10の電撃魔法って、間近で見るとやっぱりすごい迫力ですねっ」

少し離れた壁際から夢咲の声が聞こえてきた。

「そうか？」

俺は慣れてしまっているからそうも思わないが。

「そうですよ。さすがレベルが４００００もあると言うことも違いますね」

この間も夢咲はもちろん透明になって姿を消している。

「あ、一応言っておくと俺のレベルは３９７１３だからな。まだ４００００はいってないぞ」

「そんなの同じようなものじゃないですか。真琴さんて意外と細かいんですねっ」

「べ、別に普通だろっ」

年下の女子から細かいと言われてなんとなくだが少し気落ちした。

細かいなんて言葉は絶対いい意味ではなく悪い意味で使う言葉のはずだ。

「ま、まあ、とにかくこれで一通り地下一階は見て回ったな」

「それな。アイテムも全部拾いましたし次の階に行きましょう」

俺の左隣で夢咲が言う。

「じゃあ地下二階にレッツゴーっ！」

せっかく【透明化】と【忍び足】を使っているのに、地声が大きい夢咲は自らの居場所を知らしめるように声を張り上げた。

「……夢咲お前、透明になってる意味あるか？」

◇　◇　◇

「夢咲っ。どこにいるっ?」

「わたしはここですっ」

夢咲は言いながら俺の左肩に手を置いた。

「絶対俺から離れるなよっ。それとメドゥーサとも絶対に目を合わせるなっ」

「オッケーですっ」

硬い畝のダンジョン地下二階。

俺たちはメドゥーサの大群に通路の前後で挟み撃ちにされていた。

『フシュー……』

『フシュー……』

『フシュー……』

・・・

目を合わせると石にされてしまうので、俺は顔を下に向けながらメドゥーサたちを迎え撃つ。

どさくさまぎれで夢咲を間違って攻撃してしまわないように注意しつつ、

「スキル、火炎魔法ランク10っ」

巨大な炎の玉を前方にいるメドゥーサたちに放った。

『ギィヤアァーッ……!』

『ギィヤアァーッ……!』

『ギィヤァァーッ……！』

・
・
・

《佐倉真琴のレベルが64上がりました》

メドゥーサたちが一瞬で灰と化す中、

「真琴さん、後ろっ！」

俺は振り向きざまメドゥーサの首を手刀で斬り飛ばすとその流れで、

「スキル、氷結魔法ランク10っ」

と唱える。

刹那、襲い掛かってきていたメドゥーサたちが一斉に凍りついた。

「寒っ、ていうか真琴さんて氷結魔法も使えるんですね……あ、もう目を合わせても大丈夫みたいですよっ」

と、【透明化】の効果が切れて姿を現した夢咲が、メドゥーサの目を覗《のぞ》き込《こ》みながら声を弾ませる。

「おい、勝手なことするなよな。もし石化したらどうするんだよ」

「は～い、ごめんなさい」

およそ反省していない様子で口をとがらせる夢咲。

心配して言ってやっているのになんだその口は。

俺は夢咲を視界の端に捉えつつ、氷漬けになったメドゥーサたちを次々と砕き割り消滅させていった。

《佐倉真琴のレベルが52上がりました》

☆　☆　☆

「スキル、透明化っ。スキル、忍び足っ」

夢咲はスキルの【透明化】と【忍び足】を発動させて俺の目の前から完全に消え去ると、

「さっ、行きましょう」

俺の前を行こうとする。

「こら、俺の前を歩くな。左横を歩け」

姿が見えないのだから誤って攻撃してしまうかもしれないだろうが。

「わかってますって」

そう言うと俺の左腕にどんっと柔らかい何かが当たった。

おそらく夢咲がふざけて軽く体をぶつけてきたのだろう。

マリアにくっつかれることには慣れている俺だが、年の近い女子にこうも近付かれるといやが応にも緊張する。

おっと、夢咲は俺の心が読めるんだったな。

余計なことは考えないようにしないと。

「まったく……さあ、先を急ぐぞ」

夢咲を横に従え歩き出そうとした時、

「うん？　もしかして、そこにいるのは佐倉くんかい……？」

後方から少年のかすれた声で俺の名前が呼ばれた。

「え……？」

聞き覚えのあるその声に反応して振り返ると、

「あっ、お前っ……⁉」

そこには久方ぶりの伊集院《いじゅういん》の姿があった。

◇◇◇

「久しぶりだね……佐倉くん」

「伊集院、どうしてここに？」

「どうしてって……ボクもプロのプレイヤーなんだから、ダンジョン攻略のために決まってるでしょ」

「わざわざ群馬にか？」

まさかこいつ、俺を追ってきたんじゃないよな……？

「ランクFのダンジョンが近場になかったからね……それにそれを言うなら、佐倉くんだってわざわざここまで来てるじゃないか」

伊集院は前に会った時と同様、長い髪をオールバックにしてジェルか何かで固めていた。口をあまり開けずにぼそぼそっと喋《しゃべ》る感じも相変わらずだ。

「……佐倉くん、一人？」

透明になっている夢咲の存在に気付いていている様子のない伊集院が訊いてくる。

「ん、ああ。俺は一人の方が性に合ってるんでね」

「そうなんだ。ボクも同じだよ……やっぱりボクたち気が合うね」

「それはどうかな」

俺は相手がむかつく奴《やつ》だからといってそいつの手足を折ったりはしない。

「……さっきしょうがない奴だな、とか言っていたけど……あれは何？」

「別にどうでもいいだろ。ただの独り言だよ」

「独り言かぁ……ボクも独り言は好きだよ」

伊集院がどうでもいい話を続ける中、

「真琴さん、この人誰ですか？」

夢咲は俺の肩にそっと手を乗せ、俺にだけ聞こえる声でささやいた。

ちょっとした知り合いだよ。すぐに話を終わらせるから、悪いけど夢咲はそのまま静かにしててくれ。

俺は心の中で返す。

読心魔法の効果がまだ続いているはずだからこれで夢咲には通じるはずだ。

「あっそうだ、あのあと桜庭《さくらば》くんたちどうなった？　病院送りになったかな？」

楽しそうに伊集院。

「いや、ダンジョンセンターの職員を呼んだから回復魔法ですぐに治ったよ」

「そっか……それは残念」

伊集院は俺の目をみつめてそんなセリフを吐いた。

「ダンジョンセンターの職員を呼んだのって佐倉くんと一緒にいた女性かな？」

「だったらなんだ」

「ん～、別に……ただ佐倉くんも桜庭くんたちにひどい目に遭わされたはずなのに、ボクとは考え方が違うんだなぁってさ」

首を左右にひねりながら言う。

「佐倉くん……よかったらボクと一緒にダンジョン探索する？」

「いや、さっきも言ったけど俺は一人の方が――」

「な～んてね、冗談だよ……じゃあ、ボク先行くから。バイバイ」

「あ、ああ。じゃあな」
三、四分ほど俺ととりとめのない会話をしたあと、伊集院はつまらなそうに去っていった。
伊集院の姿が見えなくなってから、

「夢咲、もう喋ってもいいぞ」

俺の左側にいるであろう夢咲に声をかけると、

「さっきの伊集院さんて人、なんか心の中がぐちゃぐちゃでしたよ。真琴さんに偶然出会えて嬉《うれ》しいっていう気持ちと、よくわからないですけど裏切られたっていう気持ちがごちゃ混ぜになっている感じで」

伊集院の心を読んだ夢咲がそう口にした。

「何かあったんですか、あの人と」

「あったようななかったような。正直俺もよくわからない」

「なんですか、それ」

と夢咲の声が返ってくる。

「ほら、もうあいつのことはいいだろ。それより俺たちは俺たちで先に進むぞっ」

「あっ、ちょっと待ってくださいよ真琴さんっ」

俺は伊集院が向かった道とは反対方向に歩き出すのだった。

書き下ろし　長澤《ながさわ》と水川《みずかわ》とマリアの冒険

とある日の朝。

水川蓮華《れんげ》は長澤紅子《べにこ》とともに剣道部の朝練を終えると、学校の一年生専用玄関へと向かった。

そこで水川は自分の下駄箱《げたばこ》を開けた時、

「あれ？」

中に一枚の便箋が入っていることに気付く。

それを取り出すと、

「なになに、蓮華。どうかした？」

「あ、紅ちゃん」

長澤が顔を覗《のぞ》かせた。


［一週間後の放課後、屋上に来てください。大事なお話があります。］

「これってラブレターじゃん」

「そ、そうかなぁ……大事なお話としか書いてないけど……」

「大事な話なんて告白以外ないでしょ。でも誰よ、今時手紙なんて」

「わからない、相手の名前書いてないから……」

水川は便箋を裏返してみるが差出人の名前がない。

「紅ちゃん、どうしよう？」

水川は戸惑いの表情を見せた。

「別に無視していいんじゃない。名前も書いてないいんじゃいたずらかもしれないし」

「でも……」

「百歩譲っていたずらじゃなかったとしても相手を呼び出すとか何様なの。自分から来いって話よ」

長澤はしっしっと手を振る。

負けん気の強い長澤からすれば、無駄に場所を指定されたことが気に食わなかったらしい。

「で、でも、無視するのはよくないんじゃないかなぁ……」

水川は長澤を頼るように見上げる。

その視線に長澤は「うっ」と思わず目をそらした。

長澤は水川の純粋そうな目にみつめられると弱いのだった。

「紅ちゃん、一緒に来てくれない？」

「う～ん……わかったわよ。一緒に行ってやるわ。そんで変な男だったらあたしが代わりに断ってやるわよ」

「ありがとう紅ちゃん」

その日の放課後、部活を終えた長澤と水川が更衣室で着替えていた時のこと。

「あれ？　マリアちゃんから着信があるっ」

長澤は自分のスマホにマリア・ファインゴールドからの着信が、部活中に複数回あったことに気付く。

マリアはロシアに住んでいる金髪碧眼《へきがん》の美少女で、長澤たちと少なからず連絡を取り合っていた。

「マリアさんから？」

「うん。なんだろう」

長澤は制服に着替えながらマリアに折り返しの電話をかけてみた。

水川にも聞こえるようにスピーカーにする。


プルルル……。プルルル……。プルルル……。


『はいですわっ』

スマホからマリアの元気な声が聞こえた。

「もしもし、マリアちゃん。電話くれたよね？」

『はい、いたしましたっ』

「今ちょうど部活が終わったところで蓮華も隣にいるんだけどさあ」

「こ、こんにちは、マリアさん」

『長澤様、水川様こんにちはですわっ』

マリアははきはきとした日本語で返す。

「マリアちゃん、今大丈夫？」

ロシアとは時差があるので訊《たず》ねたのだが、

『はい、問題ありませんわよ。わたくし今、長澤様と水川様たちの学校の目の前にいますからっ』

マリアは日本にいるという。しかも入矢《いりや》高校の目の前に。

「えっ、マリアさん、わたしたちの学校に来ているんですか？」

『はいですわっ。すぐ目の前にいますわよ』

「だったらマリアちゃん、あたしたちもう着替えたからそっち行くわ」

『はーい、お待ちしておりますわ』

電話を切ると長澤と水川は更衣室をあとにした。

急ぎ足で階段を下り、靴に履き替えて校門前に向かう。

すると一台の黒塗りの高級車が道路の向こう側に停《と》まっていた。

長澤と水川の姿を見て、

「長澤様ー、水川様ー、こちらですわーっ」

窓から身を乗り出して手を振る金髪の美少女。それがマリアだった。

「え、あれってティーンモデルのマリアちゃんじゃない？」

「うおっ、マリアだっ」

「マリアちゃん、こっち向いてー」

生徒たちに気付かれたマリアは、にこにこと笑顔を振りまきながら他の生徒たちにも手を振る。

大金持ちのお嬢様で人気のティーンモデルでもあるマリアだったが、まったく気取った様子はない。

長澤と水川がマリアのもとに駆け寄り、

「お待たせ、マリアちゃん」

「こんにちは、マリアさん」

声をかけた。

「長澤様、水川様、お久しぶりです。では早速ですが話は車の中でいたしましょう」

マリアにうながされ長澤と水川は高級車へと乗り込むのだった。

☆　☆　☆

「それで話って何？　マリアちゃん」

車が発進したところで長澤が口火を切る。

ちなみに車を運転しているのはマヤというマリアのボディーガード兼付き人である。

「実は一週間後、真琴《まこと》様のお誕生日なんですのっ」

「えっ、そうなの？」

「佐倉《さくら》さんの誕生日なんですか？」

「はいですわっ」

二人の問いかけに嬉《うれ》しそうにうなずくマリア。

「へー、よく知ってるわね。マリアちゃん」

「マヤに調べてもらいましたの。ですわよねっ？　マヤ」

「はい」

運転席のマヤが前方をみつめながら答える。

「佐倉の誕生日か～……それで？」

「わたくし以前、真琴様からダンジョンでみつけたアイテムをプレゼントされましたの。ほら、これですわっ」

マリアは首からかけていた赤い宝石のついたネックレスをにこにこ顔で二人に見せた。

「あ、それって以前のデートの時にもつけていた、たしか退魔のネックレスでしたよね？」

「退魔のネックレス？　あ～、九尾《きゅうび》を倒した時のドロップアイテムだったやつねっ」

「はいですわっ」

「そっか。佐倉はそのネックレス、マリアちゃんにあげたんだったわね」

「はい、真琴様が直接わたくしの首につけてくださったのですわっ」

マリアの話を聞いて長澤は横目で水川を見やる。

水川は明らかに佐倉のことが好きなのでどういう反応をしているか気になったのだ。

だが水川は「マリアさん、よく似合っていますよ」と自分のことのように喜んでいた。

そんな人のいい水川だからこそ長澤は、佐倉と水川が上手《うま》くいってほしいと心の中で強く思うのだった。

「ありがとうございます、水川様。それでですね、真琴様の誕生日プレゼントにはわたくしもダンジョンでみつけたレアアイテムを贈ろうかと思ったのです」

「へ～、いいんじゃない」

「きっと佐倉さん喜びますよ」

長澤と水川は本心からそう口にする。

「お二人にそう言ってもらえるとわたくしとても嬉しいですわ。それでせっかくですから一緒にデートをした長澤様と水川様もご一緒にと思いまして。わたくしだけ抜け駆けはよくありませんものね」

「いや、抜け駆けってマリアちゃん。蓮華はともかく、あたしは別に佐倉のことなんかなんとも思ってないわよ」

「ちょっと紅ちゃんっ」

顔を赤くした水川が恥ずかしそうに声を発した。

「まあまあ、長澤様、水川様。どうせお誕生日プレゼントを差し上げるのならば、わたくしたち女子三人で真琴様がびっくりするようなものすごいプレゼントをいたしましょうよ。ねっ？」

「ダンジョンでレアアイテム探しね～。まあ面白そうだからあたしはついていってもいいけど」

水川が佐倉に会う口実が出来ると思い、長澤はこれに同意する。

「本当ですのっ？　水川様はどうですか？」

「わ、わたしも佐倉さんにはお世話になっているし、そ、それで喜んでもらえるなら手伝います」

マリアの問いに水川もうなずく。

「わぁーっ、ありがとうございますっ。実はお二人にはそう言ってもらえると思いまして、もう潜るダンジョンも決めてありますのっ」

「そうなの？」

「はいですわっ」

「え、じゃあもしかして今わたしたちが向かっているのは――」

「はい、宮城県にあるランクGの未踏破ダンジョン、その名も［暑い夢のダンジョン］ですわっ」

マリアは車の中で人差し指をびしっと掲げると、声を大にして言い放つのだった。

☆　☆　☆

「マリア様、到着いたしました」

マヤが振り向きざまマリアに声をかける。

気付けば車はとあるサービスエリアの駐車場に停まっていた。

マリアと長澤と水川は振動の一切ない車の乗り心地にうとうとしていたが、マヤの一言で我に返る。

「ここってサービスエリアよね？」

「はいですわ。暑い夢のダンジョンはここにあるんですのよ」

「……本当だ。紅ちゃん見て」

水川が車の中から窓越しに指を差す。

長澤は水川の指差す先を見た。

するとサービスエリアの建物の横に、地下へと続くダンジョンが大きな口を開けて待ち構えていた。

「ではまいりましょうか」

車を降りたマリアは先陣切ってダンジョンめがけ歩き始めるが、

「あ、ちょっと待ってくださいマリアさん」

水川が待ったをかける。

「なんですの？」

「どうしたの、蓮華」

「わたしたち制服だよ、紅ちゃん。武器も防具も何も持ってきてないよ」

「あー、そっか。そういえばそうね、蓮華に言われるまでそんなこと全然頭になかったわ」

長澤はマリアに顔を向け、

「っていうかマリアちゃんもそれただのドレスよね？　武器も持ってないみたいだしどうするの？　さすがに装備なしでランクGのダンジョンは厳しくない？」

矢継ぎ早に質問を投げかけた。

「うふふ、それなら大丈夫ですわ。お二人とも、これをお忘れになっているのではありませんか」

マリアはドヤ顔で首から下げていた退魔のネックレスをつまんでみせる。

「「あっ」」

長澤と水川の声が揃《そろ》った。

「これがあれば魔物は寄ってきませんから、魔物と戦うことなくダンジョンを探索出来ますわよっ」

「なるほど、マリアちゃんあったまいい〜」

「それなら安心ですね」

「はいですわっ」

納得した二人を見てからマリアはマヤに目線をやる。

「じゃあマヤ、わたくしたちは行ってきますわね」

「はい、行ってらっしゃいませ」

「行ってきますマヤさん」

「マヤさん、行ってきます」

マリアと長澤と水川はマヤをその場に残してダンジョンへと向かった。

☆　☆　☆

暑い夢のダンジョン地下一階。

「何ここ、なんか蒸し暑いわね」

ダンジョンに足を踏み入れた途端、長澤が口を開く。

「暑い夢のダンジョンというだけのことはありますわね」

「あっ、ここ温度が三十三度もある」

水川がスマホを取り出して室温を確認した。

ダンジョン内の温度は基本適温に保たれているのだが、このダンジョンは例外のようだった。

「三十三度っ⁉　どうりで暑いはずだわっ」

長澤はそう言うと制服の上着を脱ぎ始める。

それに倣《なら》ってマリアと水川も上着を脱いだ。

「これでいくらかマシだわ。じゃあ行きましょ」

「うん」

「はいですわっ」


暑い夢のダンジョンには他のプレイヤーの姿は見られなかった。

マリアと長澤と水川の三人はこれ幸いとばかりにダンジョン内を突き進んでいく。

マリアの身につけている退魔のネックレスの効果により、魔物は一体も現れることはなかった。

そのおかげで三人は危なげなく地下二階への階段をみつけることが出来た。

「ふぅ～、マリアちゃんさまさまだわ」

「そうだね。マリアさんのおかげで探索がスムーズに出来るね」

「ありがとうございますですわっ」

三人は額の汗を拭いつつ地下二階へと下りていくのだった。


暑い夢のダンジョン地下二階。

魔物に遭遇することなくダンジョン内を探索していると、先頭を歩くマリアが通路上に銀色に光る物体をみつけた。

「あれはなんでしょう？」

とととっと駆け出して銀色の物体に近付いていくマリア。

「マリアちゃん待ってよ」

長澤と水川もマリアのあとを追って駆け出す。

追いついた長澤と水川にマリアは、

「これを見てくださいませ、きれいな指輪が落ちていましたわっ」

今しがた拾い上げたそれを見せた。

銀色に光り輝いていた物体は指輪だったのだ。

「へ～、ホントきれいね。なんていうアイテムなの？」

「えっとですねぇ……」

「あ、マリアさん。わたし識別魔法が使えるので見てみましょうか？」

指輪を手にしているマリアに水川が訊ねる。

「はい、ではお願いいたしますわっ」

マリアは水川に向き直ると銀色の指輪をすっと差し出した。

「じゃあ、いきますね。スキル、識別魔法ランク10っ」

水川はマリアの手のひらの上に載った指輪を識別魔法で調べ始める。

「どう？　蓮華。それってレアアイテム？」

「水川様……」

長澤とマリアが見守る中、指輪をじっとみつめていた水川は残念そうに口を開いた。

「ううん、これ〈親愛の指輪〉っていって呪われたアイテムみたい」

「親愛の指輪？」

「うん」

長澤の問いにうなずく水川。

「でも、あまり呪われているようには思えない名前ですわね」

「えーっと、特に効果はないんですけど、一度指にはめると好きな人の名前を言うまで二度と外れないんだそうです」

「好きな人の名前ですか……」

そうつぶやいたマリアは何を思ったのか、唐突にその指輪を右手の薬指にはめた。

「マリアちゃん？」

「マリアさんっ？」

マリアは指輪を懸命に引っ張ってから、

「うぅ～ん、う～ん……本当ですわ、指輪が外れなくなりました」

楽しそうに二人の顔を見上げて言う。

そして次の瞬間、

「わたくしの好きな方は真琴様ですわっ！」

右手を前に出し高らかに宣言してみせた。

するとマリアの右手の薬指にしっかりとはまっていた親愛の指輪が、ぽろっと外れて地面に落ちた。

「わぁっ、すごいですわこれっ。本当に外れましたわよっ」

何がそんなに嬉しいのか、飛び跳ねながら無邪気に喜びを表現するマリア。

そんな姿を見て長澤と水川は呆気《あっけ》にとられつつも、どこかうらやましいような感情が湧き起こっていた。

「お二人も試してみますかっ？」

マリアはそんな二人の心情を知ってか知らずか、地面に落ちていた親愛の指輪を拾って長澤と水川に顔を向ける。

「あ、あたしはいいわよっ。好きな人なんかいないもん、そんな指輪付けたら外せなくなっちゃうわ」

「そうですか。でしたら水川様はどうですか？」

「えっ、わ、わたしも遠慮しておきますっ」

水川の想《おも》い人が佐倉だということは周知の事実なのだが、長澤とマリアの前でそんなことを口にするのは恥ずかしすぎて水川は必死に首を横に振った。

「むぅ、そうですか……」

少し不満そうに口をとがらせたマリアだったが、それ以上は追求せず、親愛の指輪をドレスの胸ポケットにしまうと「では先にまいりましょうか」とさらに通路を進んでいくのだった。

暑い夢のダンジョン地下三階と地下四階でそれぞれ帰還石と魔石を拾った三人は、魔物と一度も遭遇することなく地下五階へとたどり着いた。

「あれ？　もしかしてこのダンジョンって地下五階までしかない……？」

地下五階に下りた直後、フロアボスの気配を感じ取った長澤が口にする。

そう感じたのは水川とマリアも同じで、

「本当だ……」

「空気が変わりましたわね」

二人も続けて言う。

「マリアちゃんの退魔のネックレスってフロアボスには効かないのかな？」

「うーん、どうなんだろう」

「でも、それならそれで好都合ですわ」

とマリア。

「ここまでに親愛の指輪と帰還石と魔石しか手に入れていませんから、フロアボスのドロップアイテムに望みを託せますわっ」

マリアたちの今回のダンジョン探索の目的は、あくまで佐倉への誕生日プレゼントとしてレアアイテムをみつけること。

なのでめぼしいアイテムを拾えていない三人にとっては、レアアイテムを落としやすいフロアボスとの戦闘は願ってもないチャンスなのであった。

「で、でもマリアさん。わたしたちほとんど生身のままなので慎重にいきましょうね」

「そうよ、マリアちゃん。あ、そうだ。帰還石は一応マリアちゃんが持ってて。それで危なくなったらすぐに逃げてね。あたしたちはレベル99だからなんとかなるからさ」

「でもそれならわたくしも同じくレベル99ですわよ」

マリアはそう返すが、長澤はにこっと微笑《ほほえ》みマリアの頭の上に手を置いた。

「わかってるわ。でもあたしたちは剣道の有段者だし魔物退治にも慣れてるからさ。それにあたしたちとしてもマリアちゃんが持っててくれた方が安心できるのよ」

「そ、そうですよ。なので遠慮はしないでくださいマリアさん」

「長澤様、水川様……よろしいのですか?」

「うんっ」

「はい」

「わかりました。ありがとうございますですわ、お二人とも。ではお言葉に甘えて帰還石はわたくしが預かっておきますわね」

長澤に手渡された帰還石を握り締め、マリアは二人にお礼を言う。

「さあ、じゃあフロアボスを探そう」

「うん」

「はいですわっ」

☆　☆　☆

「スキル、識別魔法ランク10っ」

****

フレイムワーム――暑い夢のダンジョンのボス。巨大な虫のような魔物で熱に強い。口から炎を吐くことが出来る。弱点は水流魔法。

＊＊＊＊＊＊＊＊＊＊＊＊＊＊＊＊＊＊＊＊＊＊＊＊＊＊＊＊＊＊

「あの魔物、口から炎を吐けるみたい」

識別魔法を使った水川が長澤に助言する。

長澤と水川とマリアはフロアボスのフレイムワームのいる部屋の手前まで来ていた。

遠くからその姿を確認しつつ三人は小声で話す。

「なんかうねうねしてて気持ち悪いわね。あたし虫って苦手なのよね～」

「うん、わたしも得意じゃないかも」

「わたくしもですわ」

ミミズとしゃくとり虫を合わせて巨大化させたようなフレイムワームを見て、三人とも二の足を踏んでいる。

「どうする、戦う？」

長澤が二人に訊《き》いた。

長澤としてはここで帰ってもいいかなぁと思っての発言だったが、

「も、もちろんですわっ。ここまで来たからにはなんとしてでもあの魔物を倒して、レアアイテムをゲットいたしますわっ」

マリアはそう言って自分を奮い立たせた。

「そ、そうですね。佐倉さんのプレゼントをみつけるために来たんですものね」

「はいですわ。やりますわよ、水川様、長澤様」

「はいっ」

「はぁ～、わかったわよ。やればいいんでしょ、やれば」

長澤が渋々了承し三人の意見はまとまった。

そしてフレイムワームとの戦闘が始まった。


フレイムワームとの戦いは一進一退の攻防だった。

長澤と水川とマリアはそれぞれ三角形に散らばりフレイムワームを取り囲んだ。

フレイムワームが誰か一人に炎を吐くと、その隙を見計らって他の二人が攻撃に転じた。

武器も防具も何もない三人はフレイムワームの炎攻撃で服を焼かれながらも、少しずつ着実にダメージを与えていった。

だがある一定のダメージを与えた時、フレイムワームの全身が赤く変色した。

炎攻撃の威力は上がり、それと同時にフレイムワームの表皮は硬くなり、三人の素手での攻撃がまったく通らなくなってしまった。

その状況を見極め長澤が判断を下す。

「マリアちゃん、残念だけどもうこれ以上戦っても勝てそうにないわっ。帰還石で脱出しようっ」

「そんな……嫌ですわ、わたくしまだやれますっ」

マリアが肩で息をしながら返した。

一番体力を消耗していたのは体の小さなマリアだった。

そんなマリアを気遣い水川も声をかける。

「マリアさん、ここは一旦退きましょう。レアアイテムならまた違うダンジョンでみつければ――」

とその時、フレイムワームがマリアに向かって強力な炎攻撃を仕掛けた。


ゴオオォォー！


「……うぐぐ、わたくし諦めませんわ、絶対に真琴様に喜んでもらうのですわーっ！」

「マリアさん……」

「スキル、真空魔法ランク５っ！」

マリアは炎をその身に受けながら真空魔法を放った。

すると大きな口を開いていたフレイムワームの口内に、風の刃がタイミングよく突き刺さる。

『ギシャアァァァーッ……！』

フレイムワームが大声を上げのけぞった。

「効いてるわっ」

「口の中なら効くみたいっ」

「マリアちゃん今がチャンスよ、口の中めがけてドンドンやっちゃってっ」

「はいですわっ！　スキル、真空魔法ランク５っ！　乱れ撃ちですわっ！」

ザシュ。ザシュ。ザシュッ。

幾重にも連なる風の刃がフレイムワームの口から体内に入り込み、フレイムワームの内臓を破壊した。

その瞬間、フレイムワームの口から大量の血が噴き出てくる。

と同時にフレイムワームが仰《の》け反《ぞ》り、地面に倒れ込んだ。

「やった、やったわマリアちゃん！　倒したわよっ」

「マリアさん、すごいっ……！」

「え、えへへ……や、やりましたわ」

服が焼け焦げ上半身があらわになっていたマリアががくっと膝から崩れ落ちた。

「マリアちゃん！」

「マリアさんっ」

長澤と水川が急いで駆け寄る。

「だ、大丈夫ですわ。ちょっと疲れただけですから……」

「今、回復魔法をかけますねっ。スキル、回復魔法ランク８っ」

水川が回復魔法をマリアに施している間、長澤は自分の服をマリアに着せてやった。

そして、

「よくやったわね、マリアちゃん」

長澤は、気持ちよさそうに回復魔法の光に包まれ目を閉じているマリアの金色の髪をそっと撫《な》でた。

そんなマリアを水川は尊敬の眼差《まなざ》しでみつめ続けるのだった。

――全員の回復が終わり、フレイムワームのいた場所に目をやると、そこには三人がこれまでに見たこともない色鮮やかなアイテムが転がっていた。

水川が識別魔法をかけたところ、そのアイテムは〈奇跡の石〉という持ち主に幸運をもたらすレアアイテムであることがわかった。

「奇跡の石ですか。真琴様へのプレゼントにぴったりですわねっ」

「そうですね」

「う～ん、でもちょっともったいなくない？　これは売ってさぁ、佐倉には手作りクッキーとかで充分なんじゃないの……って冗談よ冗談っ」

ジトっとした目つきで二人から見返され、長澤は顔の前で大きく手を振る。

「さっ、じゃあ帰ろっか」

「うん、そうしよ」

「はいですわっ」

☆　☆　☆

一週間後——

「ごめんなさいっ」

放課後、水川はラブレターに書かれていた通り屋上にやってきていた。

そしてそこで自分のことを待っていた男子生徒に頭を下げた。

「……そっか。わかった、残念だけど」

「本当にごめんなさいっ」

「いや、いいんだ。水川さんモテるから多分駄目じゃないかなぁとは思っていたし。むしろちゃんと断ってくれて嬉しいよ。その、えっと、フラれた理由を訊いてもいいかな……？」

男子生徒の問いにうつむき少し黙り込んだ水川だったが、

「……わたし、好きな人がいるんです。誰かを好きになったことなんてこれまでになかったから自分でもよくわからないんですけど……多分、好きなんだと思います」

と振り絞るように口にする。

「だから、ごめんなさい」

水川は再度顔を上げ、男子生徒の目を見てそう答えるのだった。

「あっ、蓮華来たわよ」

「本当ですわ。水川様ーっ、遅いですわよーっ」

入矢高校の前の通りに停められていた黒塗りの高級車の横に立つ長澤とマリア。

その姿を見て水川は二人のもとへと駆けつける。

「すみません、マリアさん。紅ちゃんもお待たせ」

「一人で大丈夫だった？」

「うん」

晴れやかな表情で答える水川。

「水川様、何していたんですの？」

「う、うん、ちょっとね」

「？」

目をぱちくりさせるマリアだったが目下のところ頭の中には佐倉のことしかない。

「まあいいですわ。二人とも車に乗ってくださいませ。真琴様の家へ向かいますわよっ」

そう。何を隠そう、今日は佐倉真琴の誕生日なのだった。

いきなり家に押しかけて誕生日プレゼントを渡してびっくりさせようという作戦だ。

「わかってるわよ。うっふふ、佐倉の驚く顔が目に浮かぶわ」

「大丈夫かなぁ、連絡せずに突然行って……」

「水川様、サプライズとはそういうものでしてよ」

「そうそう、蓮華だって賛成してたじゃん。今さらいい子ぶるのはなしよ」

「う、うん。わかった」

車に乗り込む長澤と水川。

それを確認し、

「ではマヤ、真琴様の家に出発進行ですわっ！」

マリアは佐倉の家の方角に人差し指を向け、意気揚々と声を上げた。

あとがき

本作の著者のシオヤマ琴《こと》です。

この度は『最強最速』2巻をお手に取っていただき、誠にありがとうございます。

無事2巻が発売できたのも、日頃より応援してくださっている読者の皆様のおかげです。

コミカライズのほうもご好評いただいているようで、そちらもありがとうございます。

コミカライズに関しては鳥羽田《とばた》先生にお任せしているので、私はほとんどノータッチです。

なので毎週火曜日の月マガ基地の更新が本当に楽しみで、『最強最速』の漫画を読む時間が今の私にとっては至福の時なのです。

鳥羽田先生には大感謝ですね。


話は変わって、近況報告を少しだけ。

私には小学二年生の甥っ子がいます。

ちょっと前までは、その甥っ子とポケモンのフィギュアをお互いに隠し合って、それをいくつ見つけられるかという遊びを楽しんでいました。

ですが、甥っ子も成長してきたのか、そのような遊びをしようとしなくなりました。

小学二年生の男子はどういうことを楽しいと思うのだろう。

よくわからなかった私は、試しに昔買った3DSと数本のソフトを段ボール箱から取り出して手渡してみました。

すると、甥っ子は目を輝かせて、それに夢中になってくれました。

ホッと胸を撫で下ろすとともに、捨てないでおいて良かったと心底思いました。

今では会う度に、３ＤＳのカービィやスマブラで対戦して遊んでいます。

（１台しか持っていなかったので、もちろん買い足しました）

でも子どもが成長するのは早いので、そのうちまた別のものに興味を持ち始めるのかもしれません。

私と遊んでくれるのも今の内だけかも……なんて思ったりもします。


さて。

それでは最後に、キャラ原案を担当してくださっているイラストレーターのトモゼロ先生。

作画を担当してくださっている漫画家の鳥羽田航《こう》先生。

私のわがままに付き合ってくださっている講談社の担当編集者様。関係者の皆様。

そして何より『最強最速』を応援してくださっている読者の皆様に改めて感謝申し上げます。

『最強最速』を支えてくださって本当にありがとうございます。

これからもより良い作品を世に出せるよう精一杯精進していきますので、今後とも何卒、応援よろしくお願いいたします。

Kラノベブックス

最強《さいきょう》で最速《さいそく》の無限《むげん》レベルアップ2
～スキル【経験値《けいけんち》1000倍《ばい》】と【レベルフリー】でレベル上限《じょうげん》の枷《かせ》が外《はず》れた俺《おれ》は無双《むそう》する～

シオヤマ琴《こと》

2024年2月28日第1刷発行

発行者	森田浩章
発行所	株式会社 講談社 〒112-8001　東京都文京区音羽2-12-21
電　話	出版　(03)5395-3715 販売　(03)5395-3605 業務　(03)5395-3603
デザイン	石田 隆（ムシカゴグラフィクス）
本文データ制作	講談社デジタル製作
印刷所	株式会社KPSプロダクツ
製本所	株式会社フォーネット社

KODANSHA

ISBN978-4-06-533952-7　N.D.C.913　355p　19cm
定価はカバーに表示してあります

ファンレター、
作品のご感想を
お待ちしています。

あて先
〒112-8001　東京都文京区音羽2-12-21
(株) 講談社　ライトノベル出版部 気付
「シオヤマ琴先生」係
「トモゼロ先生」係

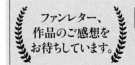